クリスマスリース

クリスマス、それは不思議なことが起こる日

文月 聖二

トムデールの再会

「ワー！」

子供たちの甲高い声が響きます。

珍しく、この小さな町を散歩していた老人トムデールは、子供たちの声に不快そうに眉をひそめました。

――また、悪ガキどもが騒いでおる。たまには静かに散歩でもしようと思ったが、そうもいかんようだな。

子供たちは、道端に円を描くようにして、しゃがみ込んでいます。

トムデールは、それを足早にやり過ごそうとしましたが、

「この子猫どこから来たのかな」

と言う子猫という言葉を聞いて、ふと足を止め、子供たちの方へ向かいました。

後ろから覗くと、子供たちの円の真ん中に子猫がいました。まだ、手の平に乗る程の白と黒の斑の子猫で、親から離れるまでにはいたっていませんでした。トムデールは、子供たちに向かって怒鳴り声を上げました。

「こら！おまえたち。こんな子猫をいじめるとは、けしからん！ここをどけ！」

子供たちは、いきなり頭上から怒鳴られて、跳ねるように立ち上がりました。

「いじめてなんかいないよ」

「そうよ。ただ、触ろうとしただけよ」

しかし、子供嫌いの頑固な老人トムデールは決めつけました。

「おまえたち、悪ガキどものすることだ。いじめようとしていたに決まっている。さあ、どこかに行っ

てしまえ。さもないと、この杖で・・・」

トムデールは、そう言って、杖を振り上げました。

「ウワー！」

子供たちは、飛びのきました。ガキ大将らしい子供が、トムデールに向かって言いました。

「トムデールは、けちんぼう。トムデールは金の虫。父さんが言ってたよ。この町の嫌われ者の偏屈じじいだって！」

トムデールは、青筋立てて、杖を振り回しました。

「なんじゃと。この馬鹿ガキが！おまえなんかに何がわかるか！」

「ワーイ！ワーイ！どケチのトムデールやあい。アッカンベーだ」

子供たちは、悪態をついて、逃げ出しました。トムデールは、杖を振り上げ、それを追おうとし、つまずいて転倒しました。

「うーん！いててて・・・くそ、あの悪ガキどもめ」

呻きながらもトムデールは、さっきの子猫の方に目をやりました。藪から出てきた母猫が子猫の首をくわえて、藪の中へと連れ帰りました。トムデールは、ふと笑みを浮かべると、またしかめ面をしました。

「ああ、こけた時に、膝を打った。こりゃ、立てんわ・・・」

その時、頭上から優しい声がしました。

「大丈夫ですか？」

その声の女性は、しゃがんでトムデールの脇に手を差し入れました。

「おじいさん。立てますか?」

トムデールは、女性の介助と杖を使って、なんとか立ち上がりました。

「いや、これは助かりました。つい、悪ガキどもに悪態をつかれ、このざまですわ」

「どうですか?自力で歩けますか?」

「ああ、何せ歳が歳なもんで・・・でも足も折れておらんようだし、大丈夫のようです」

ここで、トムデールは、初めて女性を見ました。二十歳過ぎの美しい人でした。しかし、トムデールはその女性の顔を見つめると、思わず呟きました。

「ああ・・・クララ、クララじゃないか・・・」

突然の事に、その女性は、驚いたようです。

「いいえ。私は、ティアラ・シモンズといいます。新聞記者をしています。どなたかとお間違えじゃありませんか?」

そう言われて、トムデールは、頭を振りました。

「・・・ああ、そうですな。クララのはずがない・・・ただ、あなたの面影があまりにクララに似ていたもので、つい取り乱しました。失礼しました」

ティアラは、頷きながら、トムデールの脇の下に手を差し入れ、道の端へと導きます。

「さあ、そこに縁石がありますから、取りあえずそこに座りましょうか」

道の両側には植え込みがあり、腰掛けるのにちょうど手頃な縁石があります。トムデールは、そこにティアラと並んで腰掛けました。

「本当に、何処もなんともありませんか?ご高齢の方の転倒は怖いですから」

ティアラは、優しく問いかけます。

「いえ、大丈夫です。頭も打ちませんでしたし、膝を打ちましたが、もう痛みはありません。ご親切にありがとうございました」

トムデールは、そう言って、さりげなくティアラに立ち去らせようとしましたが、何故かティアラは立ち上がりませんでした。

「そうですか。よかったわ。あの・・・お名前は?」

「トムデール・ホルムといいます。投資家です。さっき子供たちが囃す声をお聞きになったでしょうが、この町の嫌われ者の金の亡者の偏屈な年寄りです」

ティアラは、微笑みました。

「偏屈だなんて。私には、そうは見えませんけど。私は、ちょっと取材があってこの町に来たのですけど、思いの外、取材が早く終わったもので、夕方の列車までずいぶん時間ができてしまって。よろしかったら、トムデールさん、お茶でも飲みませんか?」

トムデールは、そう言われて、年甲斐もなく少し頬を赤らめましたが、

「喜んで。この先に、行きつけの落ち着いた喫茶店があります。よろしかったら、そこでお礼にお茶と

ケーキでもご馳走させて下さい」

トムデールは、杖を頼りに膝を摩りながらも、しっかりと立ち上がり、ティアラと並んで店に向かいました。

喫茶店は、レンガ造りに蔦が這い、洋瓦の屋根もレトロなムードを漂わす落ち着きある佇まいでした。

「まあ、おしゃれなお店ですね」

「ああ、ここはこの町じゃ、いい方だから。まあ、お入りなさい」

店内もレンガ造りで、正面に立派な暖炉があり、あちらこちらに山を描いた絵が飾られています。太い梁が屋根を支え、重厚さも感じられます。

ティアラは、店を見回して呟きます。

「素敵だわ。なんだか、昔にタイムスリップしたみたいで・・・」

トムデールは、いつもの窓際の席に向かい、椅子を引くと、ティアラを座らせました。そして、自分も向かいに座ると、カウンターに向かって声を掛けました。

「マスター。メニューを」

マスターは、お冷やとおしぼりを持って、メニューを差し出します。

「トムデールさん、珍しいですね。お若くて美しい女性とご一緒だなんて」

「ああ、こちらは、ティアラさん。新聞記者さんだよ」

「トムデールさんに何か?記事になるんですか?」

「いや、わしなんか記事になるものか？道で転んだのを助けていただいたんだよ」

「ああ、そうなんですか。驚いた。で、ご注文はお決まりですか？」

「わしは、いつものカフェ・オレを頼むよ」

ティアラは、続いて言いました。

「私は、ホットコーヒーでお願いします」

トムデールが言います。

「ティアラさんのは、ケーキセットにしてくれないか」

「ケーキはチーズケーキとショートケーキがございますが？」

ティアラは、トムデールに会釈して答えました。

「チーズケーキでお願いします」

「かしこまりました」

店主が下がると、ティアラがトムデールに訊ねました。

「本当にいいお店ですね。落ち着くわ。トムデールさんは、いつもここにいらっしゃるのですか？」

「たまに外に出た時は、必ず立ち寄ります」

「ご家族は？」

「わしは、家族はおりません。子供の頃から一人っきりです」

ティアラは、頷くと話題を変えました。

「失礼しました。ところで、トムデールさん。先程、私を見て、確かクララ・・・とかおっしゃいましたね。そのクララさんは、お知り合いの方なんですか?」

トムデールは、しばらく天井を見上げてから言いました。

「ああ、昔の・・・もう忘れていたはずなんだが・・・あなたが、あまりにクララに似ていたものでね」

店主が、注文の品を運んで来ました。

「こちらケーキセットのホットとチーズケーキです。トムデールさんは、いつものカフェ・オレです。以上でよろしいでしょうか。では、ごゆっくり」

二人は、カップを手に取り、一口飲みました。トムデールが、口を開きました。

「ティアラさん。クララの話をするには、わしの生い立ちを話さねばなりません。年寄りの身の上話ですから、長い話になります。お若いあなたには退屈な事です。止めておきましょう」

ティアラは、ケーキを一口食べ終えて答えます。

「いいえ。身の上話なら、尚更お聞かせ頂きたいです。夕方の列車まで、まだまだ時間がありますし、人様のお話を聞くのも、私の仕事の一つですから。よかったら、お聞かせ下さい」

ティアラは、そう言って、にっこりと微笑みました。

その微笑みで、トムデールはドキリとしました。

――本当にクララそっくりだな。この微笑みにどれだけ癒された事か・・・。

トムデールは、目を落とし、カフェ・オレを飲むと、忘れていた昔を思い出すかのように沈黙した後、静かに話し出しました。

「では、お言葉に甘えて・・・わしは、五歳の時に両親を交通事故で亡くしました。なんでも、トラックに衝突されたらしいんです。その時にショックを受けたらしく、わしは両親の記憶を無くしました。だから、今覚えているのは、親戚を転々としていた頃からです。ただ、どこの家も貧しくて。可愛がっては貰えなかった。いや、邪魔者ですな。ある叔母の言葉が耳に残っています『結局、お金なんだよ。トムデール。お金さえあれば、あんた一人ぐらい育ててあげるよ。それが無いから、困ってるんだ。世の中、お金が無いと、どうしようもないんだよ』わしは、この時、大事なのは金だと思い込んだのかもしれん。そして、結局施設に入ることになった。確か小学校二年の頃だったかな。わしは、両親を無くした失意のまま、あっちこっちで厄介者扱いされ、すっかり萎縮しきって心が閉じていた。今で言う自閉症です。施設の仲間は、皆寂しい境遇でしたが、案外優しかった。でも、わしの方がだめでしてな。心を開こうとしなかった。一方、学校はひどいもんでした。いじめっ子に目をつけられましてな。毎日、いじめられ、生傷が絶えなかった。わしは、気が弱く、逆らえなかった。今のようにいじめが社会問題化していた時代じゃなく、先生も助けにはなりませんでしたな。見て見ぬふりをしておったと思う。そんな辛い日々をわしは、ただ耐えておりました・・・」

トムデールはここで、カフェ・オレをすすり、水をゴクリと飲んだ。目は何処か遠くを見ているようでした。

「お気の毒に・・・」

ティアラは、ハンカチを目に当てていた。涙ぐんでいるようです。

トムデールは、窓の外を見つめながら続けました。

「それが、一年程した時です。学校帰りに藪から三毛猫の子猫が飛び出して来て、足にまとわりついたのです。そして、『ミャー！ミャー！』と啼くのです。わしは、初めは怖かったが、その子猫の様子が可愛いので、思わずしゃがみ込んだ。すると、子猫はわしの膝の上に乗って顔を見上げて、鼻でチュッとしてくれたんです。わしは、その子を抱きしめました。その時、電気が走るような衝撃がありました。怖いんじゃないんです。何かとてつもない暖かさが体を駆け抜けるような・・・言葉じゃ説明できませんな。ただ、わしは、運命を感じていました。この子猫と一緒に生きようと。そして、わしは、施設に子猫を連れ帰ったのです。すぐに、施設の仲間たちが寄って来ました。みんな口々に囃したてます。体の大きな年長のわんぱく者が、わしの手から子猫を取り上げてこう言いました『薄汚い子猫だな。こんなの捨てて来いよ』わしは、かっとなりました。そして、気がついたらその子に頭から突き当たって、その子の手に、思い切り噛みついていました。生まれて初めて、自分から喧嘩をしたのです。その子は大声で泣きました。わしは勝ったのです。わしは、子猫を取り戻して胸に抱くと、仲間たちを睨み付けました『誰もこの子猫にさわるんじゃない。この子は僕のものだ！』わしの気迫に皆は怯えていました。そして、黙って頷きました。わしは、こうして、初めて自分を主張したのです。その一部始終を院長は部屋から見ていたようです。そして、わしの孤独な心の慰めになるのならと、特別に子猫を飼う事を認めてくれたのです。わしは子猫にミーシャと名付け、育て始めました。そのミーシャは、とんでもなく可愛い子だった・・・」

トムデールは、また水を飲みました。そして、ハンカチを手にして、熱心に話に聞き入っているティアラに言いました。

「どうですか?ティアラさん。退屈じゃありませんか。こんな年寄りの話」

ティアラは大きく首を振りました。

「退屈なんて、とんでもないです。ただ、悲しい過去を思い出させてしまって、申し訳なく思っています」

「いや、わしの事は気になさらずに。ああ、コーヒーがもうありませんな。同じものでいいですか?マスター!コーヒーとお冷やのお代わりを頼む」

「はい、ただいま」

トムデールは、コーヒーのお代わりが来るのを待って、ティアラに目で了解を得ると、話し始めました。

「ミーシャは、それはそれは、利発な子じゃった。そして、なんともいえず可愛かった。わしは、自分の愛の全てをミーシャに注ぎました。ミーシャもそれに応え、わしを慕ってくれました。子猫用のミルクにパンを入れて与え、すくすくと育った。わしが、学校に行っている間は、施設の床下で眠り、わしが帰って来ると、飛び出して来たものです。施設にいる間は、わしはずっとミーシャと一緒でした。子猫の時は、ビニールを丸めたものを指ではじいて飛ばし、ミーシャはそれを追って走るんです。そして、それをくわえて戻って来る。いつまでもそうして遊んだものです。疲れると、ミーシャはわしの膝の上に登り、わしの目を穴があく程見つめてくれます。その瞳は、わしの目を通して何か遠くを見つめているような何とも言えない神秘的な瞳だった。そして、ミーシャはわしの膝の上で眠り、わしは木にもたれて眠ります。夜も一緒でした。ミーシャはわしの布団にもぐり込み、覗くと真っ白に光っていました。瞳は切れ長になり、ますます魅力的で、神秘的になっていた。あの光はなんだったんだろうと今でも不思議です。わしは、この上なく幸せでした。相変わらず、仲間ともしっくりいかず、学校ではいじめられていましたが、ミーシャといる時だけは、わしは心を開いていました。温もりを、愛を感じていました。ミーシャとわしは、まさに一心同体でした」

ここで、トムデールはため息をつきました。

「ミーシャ・・・」

そう呟くと、頬を涙が伝いました。

ティアラは、またハンカチで目を押さえています。

トムデールは、続けました。

「そんな数年が過ぎ、わしは、小学校の高学年になっていました。相変わらず、ミーシャと共に過ごしていましたが、ミーシャがわしのかたくなに閉ざされた心を少しずつ開いてくれていたのでしょう。施設の仲間とも仲良くなり、何故か学校でもいじめられなくなっていました。そんな時、院長の親戚の少女クララが施設に遊びに来たのです。白いドレスを着た透き通るような肌の美しい少女。わしは、一目見てクララに思いを寄せるようになりました。クララはすぐに、施設のみんなと打ち解けました。優しい彼女の心にみんな癒されたのです。彼女は、引っ込み思案のわしにも優しく接してくれました。わしは、彼女の顔をまともに見る事ができませんでしたが、驚いた事にミーシャが彼女の足にまとわりついたのです。ミーシャは、わし以外の誰にもなつかなかったのにです『まあ、可愛い三毛猫ちゃん』クラは、ミーシャを抱き上げ、頬ずりしました。ミーシャは、されるがまま、喉を鳴らしています。わしは、そのミーシャの様子を見て、ますますクララを好きになりました。クララはわしを促してベンチに行くと座って、ミーシャを膝の上に乗せ、優しく撫でながらわしに話し掛けてくれたのです。『私はクララ。あなたは?』『僕は、トムデール。その子はミーシャ。僕の最愛の友達なんだ』『きれいな三毛猫ね。それにとってもお利口さんだわ。ミーシャも私を気に入ってくれているみたいだし。トムデール。私たちもお友達になりましょうね』わしは、もう舞い上がってしまって、後は何を話したか覚えていません。クララはわしの孤独な心を見抜いて優しくしてくれたのかわかりませんが、とにかく彼女と長い間話し、すっかり打ち解け合ったのです。次の日もまた次の日も、クララとわしは、ミーシャを代わりばんこに抱いて話しました。クララは花が好きでした。施設の花壇に植えられている花の名前を全部教えてくれました。二人で空も見上げました。雲がいろんな形をして、象や熊やうさぎに見えたりして、二人でそれを笑い合いました。わしの話す事と言えば、ミーシャの事ばかりです。でも、ミーシャの瞳が神秘的な事も布団の暗闇で白く光る事も、なぜかクララには素直に言えました。自分だけの秘密だったのに。クララはそれを大真面目に聞いてくれました『それはきっと、ほんとうの事よ。私にはわかるの。この子、ミーシャはただの猫じゃないって』その時のわしのうれしさといったらありませんでした。自分だけの不思議な秘密に共感してくれる存在がいるなんて、なんと素晴らしい事だろう。そして、クララは施設に滞在した三日間のほとんどをわしとミーシャと共に過ごしてくれました。そして、彼女は両親の元に帰って行きました。別れのときにクララは言いました『トムデール。手紙を書くから、返事をちょうだいね。そして、きっとまた会いましょうね』そして、クララは今も忘れられない程美しく微笑んだのです。そのクララの面影がティアラさん、あなたにはあるのです」

トムデールは、そう言って言葉を切り、カフェ・オレを飲み、ティアラを見つめました。

「そうですか。そんな天使のようなクララさんと似ているとは光栄です」

ティアラは、そう言ってコーヒーを一口飲んで、窓の外に少し目をやりました。

「似ている。ほんとうに似ているんですよ。驚くくらい。そうでなかったら、わしは初対面の人に誰にも話した事がない自分の過去を話したりしません。まるで、クララに聞いてもらっているようだ」

ティアラは、微笑みました。

「トムデールさん。そんなに見つめないで下さい。照れますわ」

トムデールは、慌てて言いました。

「これは失礼。つい、クララの思い出に浸ってしまった。若い女性を見つめるなんて、はしたない事をしてしまった。申し訳ありません」

「いえ。いいんです。で、お話を続けていただけますか？」

トムデールは、慌てて水を一口飲みました。

「・・・クララとは、その後、三か月程文通をしました。彼女は美しい字で流れるような文章を書いて送ってくれます。わしはと言えば、自分でも恥ずかしいようなへたな字に、何を書こうとしているのかわからないような稚拙な文章でした。さぞかし、彼女は呆れていたと思いますよ。でも、彼女は、いつもすぐに返事をくれていました。わしは、友達ができたと思って有頂天になっていました。ところが、三か月程した時、彼女が入院すると書いてきました。病名は書いてありませんでしたが、文章から推察して難病と思われました。そして、しばらく手紙は書けないだろうとのことでした。驚いたわしは、ミーシャにその事を話しました。ところが、ミーシャはわしの目を見つめて、今まで見せた事の無いような寂しげな瞳で『ミャー』と一言啼いたのです。わしは、いいようのない不安にかられ、院長室に駆け込みました。そして、クララの事を訊ねたのです。しかし、院長の顔は暗く、その口から思いもかけない言葉が発せられました『トムデール。クララは白血病なんだ。もう長くはない。手遅れだそうだ』わしは、院長室を飛び出すと、ベッドに潜り、声を上げて泣きました。ミーシャが寄り添ってくれました。そして、泣きながら神様に祈り続けました。クララが助かるように。その日から、わしは膝にミーシャを乗せ、神に祈り続けました。食事も喉を通らず、わしは痩せ細りました。心配した院長に叱られ、なんとか食事を摂る様にしましたが、砂を噛む様なものでした。そして、一か月後、あの天使の様なクララは帰らぬ人となったのです・・・」

トムデールは、また言葉を切って、ため息をつきました。水を飲み、天井を見上げます。

ティアラは、ハンカチで目を押さえたままで、すすり泣く声がかすかに聞こえます。

トムデールは、誰に言うとなく呟きました。

「今思うと、この頃を境に、わしは徐々に神を信じられなくなったようだな・・・」

ティアラは、ハンカチで目を押さえたまま頷きます。

「話を続けてもいいですかな？」

トムデールは、ティアラが黙って頷くのを確認してから、続けました。

「クララを失って、わしは、自分の身の上を嘆く事が多くなった。心はまた閉じてしまった。そんなわしには、ミーシャの存在がますます大きなものとなっていった。施設の仲間たちと遊ぶ事も無く、学校でも級友たちと話すでも無く、ミーシャを膝に抱いて、ミーシャに話し掛ける日々。しかし、ミーシャと居る時だけは、心が温かく感じられました。わしは、中学生になっていた。そして、本を読む事が多くなった。何処かに救いがあるかもしれないという思いに駆られての事だったようです。しかし、実話には、正しい心の人が悲惨な最後を遂げるという話が多い。結局、あの世で幸せになるのだが、その頃のわしには難しかった。なぜ、正しく生きても神の加護が無いのか。わしは思い悩む様になった。今から思えば、一種のうつ状態かもしれんが、わしは暗い心にむしばまれていき、勉強が手につかなくなって、学校の成績も落ちていった。ミーシャだけが、明るくわしを支えてくれていました。もし、ミーシャが居なければ、わしは自殺していたと思う。それほど自分の人生に絶望していた。そして、中学三年生の時、わしは、施設から出る為に就職を希望していました。今と違ってあの頃は、中学を出て働くのも普通の事だった。高校受験が無いと思うと、ますます学業はおろそかになっていた。そんな時だった。ミーシャが雨に濡れて風邪を引いた。初めはただの風邪と思い、温かいミルクを飲ませ、抱いて寝て温めていた。だが、二日程して、呼吸がおかしくなった。胸に耳を当てると、変な音がした。わしは、慌てて院長に助けを求めた『院長先生。ミーシャの様子がおかしいんです。助けてください』院長は、すぐにミーシャの様子を見に来て、知り合いの獣医に連絡してくれた。あの頃は、今の様に動物病院など見掛けなかったのです。獣医は、牛や馬を診るのが専門だったが、わしはミーシャを籠に入れて、獣医の元まで駆けつけた。肺炎だと言われた。一応、注射は打ってくれたが、今夜が峠だと言った。わしは、頭が真っ白になった。ミーシャが死んだら、生きては行けないと思った。その夜、わしは、寝ずにぐったりと横たわっているミーシャを撫で続け、神に祈った。夜明け前だった。苦しそうな息をしていたミーシャが突然、首を上げてわしの目を見つめた。わしの目を通し、遥か遠くを見ている様なあの神秘的な瞳だった『ミーシャ！死んじゃだめだ。お願いだ！』ミーシャはわしの目を見つめながら一声『ミャー』と啼くとビクッと痙攣して目を閉じた。これが、愛するミーシャとの別れだった。わしは、最愛の支えを失い、また孤独の身に突き落とされた」

トムデールは、天井を見上げました。しかし、その目から溢れる涙は、頬を伝って肩を濡らしました。ティアラもまた泣いています。トムデールは、ポケットからハンカチを取り出し涙を拭いました。

「もう止めましょう。自分でも嫌になって来た。わしの人生なんか振り返るなんの価値もない」

しかし、ティアラはハンカチから顔を上げ、涙に濡れるトムデールを見つめながら言いました。

「辛い事ばかりを思い出させてしまって申し訳ありません。でもお願いです。最後まで聞かせていただけませんか？」

「何の為に？わしの人生にいい事など、この後もないんだよ」

「お気持ちはわかりますが、お願いします。聞かせて下さい」

ティアラの瞳は涙で潤み、それに光が反射して、一瞬きらめいて見えた。それが、トムデールの心を動かした。

トムデールは、水を一気に飲み干した。そして、語り出した。

「わしは、あれだけ祈ってもミーシャを救ってくれなかった神への恨みにも似た不信感に満たされた。そして、心はひねくれていった。中学を卒業し、町工場で働いた。朝から晩まで油にまみれて働いた。しかし、同僚や上司に話し掛けられても素直に返事もしなかった。会話が続かないんだ。わしは、だんだん皆から疎んじられだした。今、思えば当たり前だ。かわいげが全くない心を閉ざした者など扱いにくいだけだ。結局、一年程は我慢したが、居づらくなって工場を辞めた。それから、五年か六年、わしは職を転々とした。何処に行っても勤まらなかった。わしも悪いが、世の中も悪かった。何処に行っても、不正やごまかしが横行している。談合は当たり前。わしは思った。昔の親戚の叔母の言葉が蘇った『結局、お金なんだよ。トムデール。お金さえあれば・・・』結局、この世は金で動いている。金がない奴には幸せなどほど遠い。わしの心はその考えで満ちていった。金があれば、気の合わない人と顔を会わさずとも生きて行ける。わしは、真面目に働くのが馬鹿馬鹿しくなっていった。何とか金を得て、楽に生きる方法がないものか。今から考えれば、愚かな考えだが、神を信じることができなくなったわしには、そんな堕落した考えしか浮かばなくなっていた。ミーシャを失った悲しみが自暴自棄を生み出していたんだな。そして、わしは酒と博打に溺れていった。競馬だった。何故か動物の馬に対する信頼感があったのは確かだ。馬を相手にしているという安心感が、博打をしているという罪悪感を薄れさせてくれたのだと思う。皮肉な事に、これほど運に見放されていた人生なのに、競馬では運が良かった。工場で汗みどろになって一カ月働いてやっと手にする給料が、一日の競馬で嘘のように転がり込んだ。わしは、もう勤勉さを完全に放棄し、昼から酒を飲んで、競馬に熱中するという最低な生活に浸りきってしまっていた。ただ、どこかで怖かった。こんな事をいつまでも続けられるはずがないと、心の底では思っていた。そんな時に、競馬場で馬を見ていると、ふとミーシャとどことなく似ている馬を見つけた。人気は最低だった。勝てるはずがない馬だったが、わしは何故かこの馬に全財産を賭けてみようと思った。もし、負けたら、競馬とはすっぱり縁を切って、一から働けばいいと思った。そして、わしは全財産をその馬に賭けた。それが、奇跡的に大穴で勝ったんだ。信じられなかった。わしは、一日で大金を手にした。しかし、おかしなもので、わしは喜びも束の間、あまりの事に却って怖くなった。そして、考えた。もう競馬は止めようと。これ以上続けると、競馬に溺れ、せっかくの大金も使い果たす運命の罠に陥るような気がした。しかし、また働きに出る気もしなかった。わしは、考えた末、この大金を元手に投資家になろうと決断した。内容は賭け事と変わりないように思えたが、社会的に認められた一つの職業であるという安心感があった。そして、勉強した。株式、債券、不動産・・・。しかし、この世界も勉強したからといって、結局運が左右するんだが、経験を積むと面白味が出てきた。自分なりの直感みたいなものが働き出したように思えた。今から思えばただ運が良かっただけだが、金を増やし続け、自分には投資家としての才気があると自惚れもした。そして、気がつけば、わしは所帯も持たず、ただ、自分の財産が増えていく事だけが楽しみの人間になっていた。そして、世の中は金だ。金は人を裏切らない。それが信念になっていた。つい最近まで、わしは子供たちに囃したてられた通りの心根が腐り切ったどケチの金の虫だった。だが、つい先日の事だ。増えている自分の財産を見ても喜びが湧かなかった。もう、これ以上増えても使いようもないと思ったんだ。すると、虚しさが心に広がった。何十年かの眠りから覚めたように。血の通わない金など何になる?…もっと人間らしい生き方があるはずだと普通の人々と同じような考えが出てきた。そして、今のわしの心は、後悔に沈んでいる。もっと他の生き方をすればよかったとな。しかし、今更、この歳でやり直す事などできようもない。その苛立ちが心をむしばんでいるんだ」

トムデールは、話し終わりました。なんだか胸のもやもやがすっきりとした感じでした。ティアラは、最後まで、真剣に耳を貸してくれました。

「いや、結局、こんな馬鹿な老人の話を長々と聞かせてしまいましたな。ティアラさんの大事な時間を潰してしまいました。わしは、元来おしゃべりではないのだが、あなたに話しているとクララに聞いて貰っているような錯覚を起こして、つい甘えてしまいました。恥ずかしい限りです。申し訳ない。もう、忘れて下さい」

ティアラは、優しく微笑みました。

「いいえ、これでいいんです。貴重なお話を聞かせて頂いて、私にとっては大いに考えさせられ、また学びになりましたから」

そう言って、ティアラは、コーヒーを飲み、まるで母親が子供を諭す様な、優しさの中に毅然としたムードが漂う、不思議な口調で言いました。

「トムデールさん。これから、あなたの身に、色々な出来事が起こります。でも、決して逃げないで下さいね」

と言うと、ティアラは席を立ちました。するとトムデールが目を疑う様な事が起こりました。ティアラの美しい姿が次第に薄れて行き、そしてかき消す様に消えてしまったのです。

「あっ！ティアラさん！」

トムデールは、自分の叫び声で、目覚めました。トムデールは、辺りを見回しました。いつもの喫茶店です。しかし、ティアラの姿はありません。トムデールは混乱しました。そして、マスターを呼びました。

「お目覚めですか?トムデールさん」

「マスター。ティアラさんは?いや、今までここに座っていた女性は何処に行った?」

マスターは、笑いました。

「トムデールさん。夢を見ておられたのですね。女性なんかいませんよ。あなたは、一人で来られて、カフェ・オレを注文されると、すぐにうたた寝をされました。もう、一時間になりますよ。よくおやすみになられましたね」

トムデールは、まだ混乱しています。

「ティアラは、確かにここに・・・わしの身の上話を・・・あれが全て夢だって言うのか?」

マスターは、首を傾げて下がります。

トムデールは、店を出ました。杖を突きながら、早足で家へ向かいます。

「馬鹿な。あんな、はっきりした夢などあるはずがない・・・」

道端で、さっきの子供たちが遊んでいました。トムデールは、もしやと思って子供たちに声を掛けました。

「おまえたち、さっきは、子猫をいじめ、今度は何をしてるんだ」

するとと、子供たちは顔を見合わせました。

「子猫ってなんの事?僕たち、今、学校の帰りで来たところだよ」

「嘘をつけ。さっきは、わしを散々囃したてたくせに」

「囃したてるって?今日、トムデールさんと会うのは、今が初めてだよ」

トムデールは、青ざめました。

そして、呆気にとられている子供たちを後に、足を早めました。

「あれも夢だっていうのか?いかん、頭がおかしくなりそうだ」

トムデールは、逃げ込む様に家に帰ると、自室のベッドに潜り込みました。

混乱するトムデールの頭の中で、先程のティアラの言葉が何度も浮かびました。

「トムデールさん。これから、あなたの身に、色々な出来事が起こります。でも、決して逃げないで下さいね」

それから、トムデールは、うつうつとした日々を送りました。株取引その他、投資の為に以前は毎日、夢中になって見ていたパソコンも電源を入れる気さえ起こりませんでした。ティアラ相手に話した自分の身の上話は、あの時思わず口にした自分の真実でしたが、ほんとうは自分では気づいていなかった心を語っていたのです。例えば、

「血の通わない金など何になる?もっと人間らしい生き方があるはずだ」

この言葉は真実の心です。でも、言葉としてこんなに明確にする程、トムデールは強く思っていたわけではありません。なんとなく、何かが間違っているように感じていただけでした。それをあの時は、口から次々と自分の本音が語られ、今、トムデールは、その一つ一つを思い返しては、考え直そうと懸命なのです。

昔の事もほとんどが、忘れていた記憶でした。しかし、あの時、自分の口から出た過去は真実でした。これもトムデールには驚きでした。中でもミーシャに対する思いが自分の中ではもっと薄れていました。自分の言葉でまるで封印されていたようなミーシャへの愛が蘇ったのです。そして、それは日ごとに大きくなり、今では自分でも持て余す程の強い愛になっていました。

「ミーシャ！」

トムデールは、独り暮らしには広すぎる家で、時折叫びました。

――ああ、これが何十年もの間、金に心を売って、愛を忘れ去っていた人間の苦しみなのか。金が何をしてくれる？ ミーシャなら、今のわしにでも鼻を擦りつけ、その温もりで慰めてくれるだろうに。

トムデールは、あの喫茶店での夢によって、ほんとうの自分に目覚め出していました。それは、魂の目覚めとも呼ぶべきものでしたが、本人は、まだそれを戸惑いと苦痛にしか感じられずにいたのです。

そんなある夜、トムデールは過去の自分を振り返って考え込んでいましたが、ふと窓の方に目を向けました。月が美しく輝いていました。

――はて、今夜は満月だったのか？

トムデールは、広い庭に出てみました。見上げると、何年ぶりかに見る、雲一つない夜空に浮かぶ美しい月です。

――わしは、月さえも見ないような暮しをしていたんだな。

満月の神秘的な光が心に染みいるようです。

地上は、一面その光に照らされて、青白く輝いています。

――美しい。なんて美しいんだ。

いつの間にか、トムデールの頰を涙が伝っていました。トムデールは、手を合わせていました。

「お月様。わしのような愚かな者でも照らして下さるその寛大なお心で、どうぞ、わしのこれから歩むべき道を示し、照らして下さいますように。お願いいたします」

神を信じなくなって数十年。祈った事などなかったトムデールが心からの祈りを捧げた瞬間でした。

その夜、トムデールは夢を見ました。

そこは、澄み切った青い空の下、色とりどりの花が咲き乱れる花畑でした。その花たちは、日の光を受けて光り輝き、その一本一本が生命を精一杯きらめかしているようでした。

「なんて、美しいんだろう」

トムデールは、思わずため息を漏らしました。

すると、遠くの方で何かが真っ白に光っていました。トムデールが目を向けると、その光はいっそう強くなりました。

「あの光はなんだろう」

トムデールは、その光に惹かれ、歩き出しました。そして、光の側まで行くと、それは真っ白に輝く三毛猫でした。真っ直ぐにトムデールを見つめています。

「ミーシャ！ミーシャじゃないか・・・」

トムデールの目から、涙がこぼれました。そして、思わずミーシャに手を伸ばそうとしたトムデールでしたが、何かに遮られ、ミーシャに触れる事ができません。

「どうしたんだ・・・」

尚も手を伸ばそうとするトムデールでしたが、やはりそれは叶いませんでした。

すると、突然、景色が変わりました。目の前に若い女性が立っていました。

「ティアラ。ティアラさんじゃないか」

すると、トムデールの目には、そのティアラの顔と少女のクララの顔がだぶって見えたのです。

「君は、やっぱりクララだったんだね」

すると、その女性は頭の中で響くような不思議な声で話しました。

「ええ、私はクララです。でも、私は生まれ変わり、今は遠い都市、ミシムでティアラ・シモンズという名で新聞記者になり、いい家族に恵まれ、幸せに暮らしています。しかし、今、あなたに、私が必要な時期が訪れました。それで、私は夢といった形を取って先日、あなたの前に現れたのです。トムデール。よく聞いて下さい。今のあなたは昔、クララだった私と会った時やミーシャと過ごした時と違った人間になってしまっています。あなたの心をあの子供の時のように清めなければ、あなたはミーシャをその手に抱く事はできません。わかりますか、トムデール」

トムデールは、目を閉じ、静かに頷きました。

「ああ、自分でもよくわかっているよ。クララ。わしは長い年月、ひねくれ、神をも信じない愚かな心に陥ってしまった。ただ、今はそれを恥じ、改心したいと願っているんだ。だが・・・どうしていいかわからないんだ」

クララは、トムデールの目を見つめて言いました。

「ミーシャを抱きしめたいの？トムデール」

トムデールは、泣きながら答えました。

「クララ、ミーシャを昔のように抱き、頬ずりする事ができるのなら、わしはどんな事でもするよ」

すると、クララはこの世のものとは思えない美しい微笑みを浮かべ、鈴を転がすような美しい声で歌うように言いました。

トムデールよ。善行を積みなさい。

トムデールよ。人間不信を手放しなさい。

トムデールよ。心を愛で満たしなさい。

「この三つの事が成し遂げられた時、あなたはミーシャを心から愛していた頃の自分を取り戻せるのです」

クララは、そう言い終わると、その姿が薄れだしました。そして、消えて行きました。

「待ってくれ！クララ！どうすればいいんだ・・・」

トムデールは、自分の叫び声で目覚めました。いつものベッドの上でした。ただ、涙で頬はぐっしょりと濡れていました。

しばらくして、トムデールは正気に返りました。

――ティアラさんは、やっぱりクララの生まれ変わりだったんだ。とすると、今の夢に出てきたのはクララの魂と言う事になる。ありがとう、クララ。わしを助けに来てくれたんだな。

――ああ、ミーシャは、光り輝いていた。あの子は昔から天使だった。愛してるよ、ミーシャ。待ってくれ。きっと昔の自分を取り戻し、夢の中でもいいから、ミーシャを抱きしめるからな。
トムデールは、立ち上がり、寝室の窓のカーテンを開けました。今、まさに地平線の彼方に朝日が顔を出し、夜が明けようとしていました。

トムデールは、居間の壁に張り紙をしました。
善行を積む事
人間不信を手放す事
心を愛で満たす事
トムデールは、これを読んでは、広い居間をせわしなく歩き回りました。
――善行を積む・・・。何が善行といえるんだろう。金を寄付するとか・・・。しかし、長年、金だけを信じて来た執着心は根強く、せっかく築いた財を手放すのには、まだ心の葛藤がありました。
――人間不信を手放す・・・。わしの心には、子供の時に受けたいじめの記憶が根を張っている。そして、社会に出て、見続けた人間の汚い一面。この記憶を消さない限り、人間を信じる心は生れようが無い・・・難しいな。
――心を愛で満たす?これはどうすればよいのか見当もつかない・・・。

初めは、気楽に考えていたトムデールでしたが、考えれば考える程、三つの言葉が持つ真の深さに気づくだけでした。

――でも、あきらめる気にはなれない。わしは、どうしてもミーシャをこの手で抱きしめたいんだ。

ミーシャの事を考えると、自分でもどうしようもない程、胸が熱くなるのでした。トムデールは、焦りと苛立ちを抑える事ができませんでした。

トムデールは、家を出ました。いくら広い家でも、籠もっていると考えが堂々巡りをしてしまいます。気分を変えようと思ったのです。

しかし、通りを歩いても、長年、凝り固まった思考パターンは、そう簡単には変わりません。いつの間にかトムデールは、住宅街を抜け、商業地域にまで来ていました。大通りは、大型車が黒煙を吹きながら走り抜け、かなりの交通量です。トムデールは、商店が建ち並ぶ歩道を無意識で歩いていました。頭の中はあの三つの言葉で一杯でした。そして、大きな交差点に差しかかった時です。トムデールは、信号が赤になったのに気づかず、車道に歩み出してしまいました。

「危ない！」

誰かが叫び、トムデールは一瞬、正気に返りましたが手遅れでした。

「キキー！」

大型トラックが急ブレーキを掛けました。トムデールは、咄嗟に身を引きましたが、トラックの端に当たり、吹っ飛びました。そして、車道に叩きつけられました。

「なんだって、赤信号で車道に出るんだ?くそっ!間に合わなかった。人をはねちまった」

運転手は、トラックを飛び降り、取り乱してわめきました。人々が駆け寄ります。

「誰か!救急車を呼んでくれ!」

一人の男性が、電話で救急車を呼びます。

「救急車が来るまで、触るんじゃないぞ!」

トムデールは、薄れゆく意識の中で、救急車のサイレンの音を聞きました。

トムデールは、病院に運び込まれました。意識はありませんでしたが、気がつくと、全身あちらこちらに包帯が捲かれ、ベッドの上で寝ていました。

——ここは、何処だろう。なんだこの包帯は。

トムデールは、起き上がろうとしました。全身、あちらこちらに痛みが走ります。

「痛い!いててて・・・」

他のベッドの人の介護をしていた看護師が走り寄ってきました。

「トムデールさん。目が覚められたんですね。よかった。でも、まだ動くのは無理ですよ。おとなしく寝ていてくださいね」

「ここは何処ですか?」

「セントフレア病院です。あなたは、トラックにはねられ、救急車でここに運ばれたんですよ。でもよかった。意識が戻って。ちょっとお待ちください。今、先生を呼びますから」

看護師は、そう言って部屋を出て行きました。

――ああ、思い出した。わしは、考え事をしていて、うっかり車道に出てしまった。そして、トラックが・・・わしは、はねられたのか・・・しかし、よく助かったな。

医師が入って来ました。四十過ぎのまだ若い医師です。優しい笑顔を浮かべています。

「トムデールさん。意識が戻ったようですね。でも、よかったですね。骨も折れていないし、頭も打っていない。検査しましたが、脳も異常がありませんでしたよ。全身、あちこちに打撲と軽い傷はありますが、たいしたものではありません。あなたは、運が強いですね。トラックにはねられて、この程度で済むなんて。奇跡的ですよ」

トムデールも不思議に思いました。

「そうですか。骨折もありませんか。よく覚えていませんが、相当の衝撃を受けた感じでしたが・・・」

「ええ、奇跡的にね。ところで、トムデールさん。持ち物からお名前はわかったんですが、ご家族はおられますか？」

「いいえ。わしは、所帯を持たなかったので、独り暮らしです。家族も親戚もおりません」

医師は頷きました。

「では、連絡は必要ないですね。しかし、傷や打ち身だけといっても治るのには十日程はかかると思いますよ。独り暮らしでは大変でしょう。このまま回復するまで入院されたらどうでしょう？」

トムデールは、ちょっと考えてから答えました。

「わしは入院などした事がありませんから、ちょっと戸惑いますが、仕方がありませんな。先生、ご厄介になります」

「そうですか。その方が安心ですよ。まあ、リラックスして、何でも看護師に相談して下さい。では、私は診察がありますから」

「先生。ありがとうございました」

医師は、部屋を出て行きました。残った看護師が言いました。

「では、トムデールさん。十日間程、お世話をさせていただきます。今日の担当は、私、シドニー・コムスといいます。シドニーとお呼び下さい。私は、今年入った新前で、至らない事もあるでしょうが、何でもご遠慮なくいいつけて下さいね」

「こちらこそ。よろしく。わがままな年寄りですが、こらえてください」

トムデールは、ベッドに寝て、あの三つの言葉のことを考え続けました。しかし、考えは、また堂々巡りを繰り返すばかりです。

――病院で考えれば、何か違う考えでも浮かぶと思ったが・・・。まあ、十日もあるんだ。焦らずに考えよう。

夕食の時間になりました。食事が運ばれ、看護師のシドニーが来てくれます。トムデールは、痛みが走るのでまだ自分で身を起こす事ができないのです。

「トムデールさん。お食事ですよ。さあ、起きましょうね」

シドニーは、優しく声を掛け、体を起こしてくれます。

「すまないね。シドニー」

「いいんですよ。食事はご自分でできますか？」

トムデールは、フォークを手にしました。

「いたた・・・」

「やはり痛みますか。お手伝いしましょうか」

「いや、大丈夫。ただの痛みです。すぐ慣れるから」

「では、食べられなかったら、ナースコールで呼んで下さいね。すぐ来ますから」

シドニーを見送りながら、トムデールは、感心していました。

――シドニーは、ほんとうによくしてくれるなあ。トイレにもついてきてくれるし、よく気がつくし。

他の看護師達も皆偉いもんだ。どんな事も面倒臭がらずに笑顔で世話してくれる。

トムデールは、これまで、入院した経験がなかったので全てが驚きです。

――いくら、仕事といっても、優しい心が無ければ、こんなに丁寧にはできない。わしも少しは見習わなければな・・・。

トムデールは、痛みをこらえ、なんとか食事を終えました。

――食事は、お世辞にもおいしいとはいえんなあ。塩分を抑えているのかな。味がついてないみたいだ。

病室には、他に三人の患者が居ました。皆、トムデールよりも高齢です。頻尿の老人も居て、ひっきりなしにトイレに行きます。その度に、看護師が付き添います。高齢者は転倒が怖いからでしょう。トムデールには、そんな看護師たちの働きぶりが、気にかかって仕方がありません。

定期的に患者の体温、脈や血圧を測り、点滴を取り替えます。彼女達は実際、よく動きます。

食事を終えると、トムデールは善行について考えていました。

――この病院の看護師達の働き方こそ、善行と言えるのではないか。他人の為に、やってもやってもきりがない事をいつも笑顔でこなしている。わしなんかには、とてもできる事じゃない。

――わしは、この歳になるまで人の為に何かをしてあげた事など何も無い。そして、今、人の世話になっているとは、恥ずかしい限りだ。

消灯の時間となりました。

トムデールは、眠り、夜中に目を覚ましました。トイレです。しかし、ナースコールを押すのは気の毒で、なんとか痛みをこらえて、起き上がり、ベッドから立ち上がりました。杖をついて歩こうとすると看護師が飛んで来ました。

「トムデールさん。おトイレですか?」

「いや、結構。自分で行けます」

「でも、まだ痛みで足が震えていますよ。一緒に行きましょう」

看護師は、トムデールを支えて付き添ってくれました。

「トムデールさん。遠慮なく次は呼んで下さいね。すぐに来ますから」

寝床に入ったトムデールは、考えさせられました。眠れずにいると、その間に、二度も頻尿の老人がトイレに行き、その度に看護師が付き添います。車椅子の患者もいます。

トムデールは、思いました。

――こんな事になっているとは知らなかった。わしは本気で人間について考え直さねばならんな。

しかし、トムデールは何処かでホッと安堵している自分が居る事を感じていました。

「人間とは、いいもんだな・・・」

思わずそう呟くと、なんだか胸の辺りが熱くなりました。トムデールの目には涙が浮かんでいました。

――さあ、もう眠ろう。

トムデールは、ぐっすりと安らかに眠ったのでした。

次の日、トムデールは、朝から気分爽快でした。

「おはようございます。トムデールさん。よくお休みになれましたか？」

「ああ、シドニー。よく眠ったよ」

「お熱を測らせていただきますね。傷と打ち身の具合はどうですか？まだ痛みますか」

「ああ、少しね。でも昨日よりはましだよ。自分で起きれるようになった」

シドニーは、話しながら、脈を取り、血圧も測ります。

「シドニーは、彼氏はいるのかい？」

「いいえ。誰も構ってくれないんですよ」

「可愛いのになあ」

「でしょう。男性に見る目がないんです」

「まあ、まだ若いからな。シドニーのような優しい器量良しなら、きっといい人が現れるよ」

シドニーは、にっこりと微笑みました。

「まあ、トムデールさん。ご機嫌がいいのね。顔色もいいし、声にも張りがあるわ。一晩でずいぶん回復されたんですね。よかったわ」

トムデールは、自分でも驚いていました。こんな何気ない会話を楽しんでいるのです。偏屈で、必要以上のことは喋らない愛想のない自分が、人との会話を楽しむなんて。

その日、トムデールは、人間不信について考え続けました。何故か、過去に自分が嫌った人々の事を思い出しても、気分が悪くなったりしませんでした。今までは、思い出すたびに、恨みの心や憎しみが湧いていたのです。

――これが、人を許すって事なんだろうか？

トムデールには、深くはわかりませんでしたが、自分の中で何か凝り固まったものが、溶け出していく様な不思議な感覚がありました。それは、心が軽くなる心地よいものでした。

トムデールは、本来、退屈なはずの入院生活を楽しんでいたのです。

――彼女達が、きびきびと働く姿を見ているだけでホッとする。おかしなもんだな。

医師も親切でした。忙しい中を回診して、一人一人に丁寧に声を掛け、慎重に診察します。

「トムデールさんは、順調ですね。腫れもずいぶん引いてきたし。傷口も塞がって来てますね。どうです。病院には慣れましたか？」

「ええ、看護師さん達のおかげで、楽しい思いをさせてもらっています。普段は独り暮らしで話し相手もいませんので」

「そうですか。それは、お寂しいでしょう。ワンちゃんでも、お飼いになられたらいかがです？」

トムデールは、一瞬、ミーシャの事が頭をよぎりましたが、すぐにごまかしました。

「ええ、退院したら、考えてみます」

医師が去ると、トムデールは、ミーシャの事を思い、胸が熱くなりました。

――ミーシャ。きっとおまえを抱きしめられるような自分を取り戻すから、待っていておくれ。


トムデールは、カーテンで仕切られていた隣の患者に声を掛けてみました。

「わしは、トムデール。あなたは、何処がお悪いんですか？」

隣人は、かすれたような弱々しい声で答えます。

「わしは、ジョニフじゃ。大腸に腫瘍ができてまして、この歳じゃが、なんとか手術をしてもらいましたんじゃ。後は、傷が治るのを待っております」

「そうですか。手術を。大変でしたね。まあ、お互い、頑張りましょう」

トムデールは、こうして他の患者とも親しくなりました。自分が人並みに会話ができていることが、自他ともに認める偏屈な老人だったトムデールには、新鮮で楽しかったのです。

そして、十日間はあっと言う間に過ぎました。トムデールは、もうすっかり傷も癒え、退院の日を迎えました。

看護師達が揃って見送ってくれます。

「ありがとう。お世話になりました」

トムデールは、看護師一人一人と握手をしてお礼を言います。

「ああ、シドニー。君には一番世話を掛けたね。ありがとう。良い人と出会えるのを祈ってるよ」

まだ、若いシドニーは、うっすらと涙ぐみ、黙って頭を下げました。その素直さがトムデールの心に染み入りました。

「じゃあ、皆さん。これからもお元気で、お仕事頑張って下さい」

「トムデールさん。お気を付けてお帰り下さいね」

「トムデールさん。お元気で」

トムデールは、杖を突いて病院を後にしました。足が軽く感じられます。

――わしは、もう人間不信に陥る事はない。みんなのおかげだ。ほんとうにありがとう。

病院を後にするトムデールの目にも涙が浮かんでいました。

それから、トムデールは、次の言葉、善行を積みなさい。と言われた事を考え続けました。

──善行を積む・・・。金を寄付すべきなのか。しかし、長年掛かって、築き上げて来た財産を手放すのは、正直言って怖いな。わしには身寄りも無いから、この歳になると金だけが頼りだ。少しなら、いつでも手放せるが、そんな事では善行とは思えんしな。

──考え方を変えて、金以外に何かできないだろうか。うーん、難しいな。長年、金を中心に全てを割り切って来たわしには、他の事は容易には浮かばん。

またも考えが堂々巡りを始めました。

──仕方がないな。散歩でもするか。

トムデールは、外に出ました。そして、何かヒントがないかと、いつもは何気なく行き過ぎていた町を観察しながら歩きました。

川沿いの遊歩道を歩いていた時です。ふと、下を見ると、柄の長いスコップで川沿いの側溝の、どぶをさらっている老人を見掛けました。歳はトムデールより、五、六歳程年長のようです。

──あの歳でご苦労な事だな。あれっ。あの人は確かこの先の橋の下に住んでいるホームレスじゃなかったかな。

トムデールは、その老人に向かって、声を掛けました。

「もし、ご老体。そこで何をしてらっしゃるんですか？」

老人は顔を上げて答えました。

「見ての通りだ。どぶさらいをしとるんじゃよ」

そして、また、黙々とスコップで溝をかき出します。

「骨が折れますね。ご苦労様です」

老人は、今度は顔も上げず、作業を続けます。

トムデールは、何故かその老人の事が気になり、川沿いの石の階段を降り、近づきました。

「それは、誰かに頼まれたお仕事ですか？」

「いや、わしが勝手にやっている。それがどうかしたか？」

老人は、そう言いながら、スコップを持ち上げ、土に突き刺しました。

「やれやれ、やっと終わったわい。今日のは骨が折れたな」

そして、トムデールの方をちらっと見て言いました。

「ああ、金持ちの投資家か。確か、トムデールとかいったな。金持ちがホームレスのわしに何か用か？」

トムデールは、頭を下げました。

「私の事をご存じでしたか。確かに私は投資家ですが、悪い事をして稼いでいる訳じゃありませんよ。

改めてトムデールです。よろしく。で、あなたは？」

「わしは、向こうの橋の下に住んでるサムス・ヨハネスじゃ。何か用かと聞いておる」

トムデールは、言いました。

「いや、サムスさん。あなたが一生懸命にお仕事されている姿を見て、何故かお話をしたくなりまして、声を掛けました」

サムスは、トムデールの顔をしばらく見つめた後、言いました。

「まあ、いい。何の話か知らんが、わしの掘っ建て小屋に行こうか。コーヒーぐらいならあるからな」

サムスは、そう言って、スコップを担いで川岸を上流へと歩き出しました。トムデールも後に続きます。

――思い出したぞ。そう言えば、サムスさんが公園の草むしりをしているのを見掛けたこともある。子供たちともよく遊んでたな。わしが気に掛けた事がなかっただけで、この町のあちこちで見掛けていたな。

サムスが橋の下の掘っ建て小屋の前に来ると、小屋から二匹の犬が走り出てきました。

「ワン！ワン！」

と吠えながら尻尾を振って、サムスに飛びつきます。

「ああ、ヨムにデリー。ただいま。いい子にしてたか」

サムスの顔に笑顔が浮かびました。一瞬見せたその笑顔は、トムデールをドキリとさせる美しいものでした。

サムスは、トムデールの方を振り返って言いました。

「ここには、椅子みたいな洒落た物はない。その辺の適当な石を探して腰掛けなさい。今、湯を沸かす」

トムデールは、言われた通り、適当な石を見つけ、腰掛けて掘っ建て小屋を眺めました。

――いろんな板を使って、つぎはぎだが、結構住みやすそうな小屋になってるな。

サムスは、ヤカンとコップにコーヒーの缶を持って出てきました。川の水をヤカンに汲み、レンガで囲った炉に新聞紙を丸めて火を付けます。そして、その横に積まれた小枝を折ってくべます。すぐに火がつきました。そして、五徳にヤカンを置くとサムスは口を開きました。

「トムデールさん。それで、何の話をすればいいのかな」

トムデールは、慌てました。特に考えてはいなかったからです。

「いや、何でもいいんです。過去の事や今の心境など、何でもお聞かせ下さい」

「あんたも変わった人じゃのう。何年もわしを見掛けても無視しておきながら、今日は話を聞かせてくれと言う。何か心境の変化でもあったのかな」

トムデールは、正直に答えました。

「ご察しの通りです。あなたもご存じでしょう。ケチで金の虫のトムデール。しかし、今の私は、そんな自分を変え、生まれ変わりたいと心底願っているのです」

サムスはトムデールの顔をまじまじと見ると、コーヒーを淹れて、トムデールに差し出しました。

「ああ、これは、恐れ入ります」

「まあ、飲みなされ、その歳で生まれ変わると言うのは難しいぞ。頭がカチカチになっとるからな。思考パターンが決まってしまってるんじゃよ・・・。まあ、よかろう。自分を変えたいと思っただけでも、たいしたもんじゃからな」

サムスは、コーヒーをすすりながら、話し出しました。

「まあ、わしの話が役に立つとは思えんが、昔の事から始めようか。わしは、今でこそこんな乞食暮らしをしておるが、以前は百名の従業員を雇う会社の創業者であり、社長だったんだ。電気技師だった若い頃に、従来のものよりはるかに効率のよいモーターを発明し、特許を取ったんだよ。それが売れたんだ。わしは独立して工場を作り、モーターの製造を始めた。注文は殺到し、何もかも順調な滑り出しだった。わしは、若くして成功した。その頃は、いい物を作ったのだから、これが当たり前だと思っていた。そして、ある下請け会社の社長令嬢で、美しく品のある女性に一目惚れし、口説き落として結婚した。わしは、世の中は積極的に行動したものが成功すると確信していた。何年間か、忙しいが充実した幸せな年月を送った。ただ、子供ができないのだけが不満だった。わしは、子育てに時間を取られない分、仕事に熱中した。モーターだけを頼りにしていては、もっといい物が発明されたら一巻の終わりだと考えて、研究を重ね様々な物を発明して特許を取った。ところが五十を過ぎて、女房が病気になった。癌だった。わしは、狼狽した。女房を失うなど考えただけでも怖くて震えが止まらなかった。そして、人づたいに名医と言われる医者を探し出し、その医者に賭けた。しかし、結局、女房は助からなかった。わしは、無力感に捕らわれた。おりしもあの大不況が始まった。売り上げは激減した。わしは新発明をして、その危機を乗り越えようと努力した。しかし、いくらいい物を作っても売れなかった。わしはいくら努力をしても実らない事があるのを嫌というほど思い知らされた。今から考えれば、あの時大胆に従業員を辞めさせれば乗り切れたかもしれん。だが、わしは最後までそれをしなかった。従業員を皆家族だと思っていたからだ。わしは経営者には向いていなかった。そして、苦しい日々を数年間はなんとか持ちこたえたが、結局は倒産。そして、従業員たちを路頭に迷わすはめになり、自分は無一文となった。そして、自己破産をし、命だけは助かった。わしはあちこちと流れ歩いた。同じ所に一年暮らす事はまれだった。しかし、この地に来て、水が合ったというのかな。ここに住んで数年になる。わしは、今は幸せなんだ」

トムデールは、サムスの話を驚きと共に聞きました。しばらく考え込んでいましたが、トムデールはサムスに訊ねました。

「今は、幸せとおっしゃいましたが、それはどういう事でしょう?」

サムスは頷きました。

「お金持ちのあんたには、理解できないかもしれんが、この世は金以外にもっと大切なものがいくらでもあるということに気づかされたんだよ」

「例えばどういう事でしょう?」

「まず、お天道様だ。太陽の光無しでは誰も生きられない。だが、日の光は人を選んだりしない。誰でも平等に照らしてくれる。あんた、太陽から請求書が届いたか?金では得られない。月も同じ、そして、満天に輝く星たちもだ。そして、子供たち。あの子たちは金の事なんか考えた事もない。でも何が大切かをよく知っていて、わしを慕って、よく一緒に遊んだりする。そして、この犬たち。ヨムもデリーもわしが貧乏だと言う事さえ知らない。しかし、この上なくわしを慕ってくれる。わしの朝は、お天道様に祈る事で始まり、月や星に祈る事で終わる。夜は、犬たちが一緒に寝てくれて寂しさを紛らわせてくれる。他にもまだある。わしは、こんなホームレスを受け入れてくれているこの町の人々に感謝し、公園の掃除、ゴミ拾い、さっきのどぶさらいなどをさせてもらっている。すると、町内会の主婦たちに感謝され、みんな野菜やパンを分けてくれる。そのおかげで、わしは金は無くとも生きて行ける。公園の鳩たちもわしの姿を見ると寄ってきて、手に乗ったりして、わしの心を癒してくれる。まだまだあるがな」

トムデールは、頷きました。サムスの言葉には、他にはない説得力があります。トムデールは、苦労して来た人にしか語れない言葉に心打たれていました。

サムスは続けます。

「トムデールさん。あんたは、今、自分が生きている事に感謝しているかね」

「いいえ。考えた事もありません」

「そうだろう。普通はそうだ。生きている事は当たり前なんだ。わしも昔はそうだった。だが、何度も自殺を考え、ホームレスになり、今日の食料をどうするかで悩む日々を過ごしたわしは、今、自分が生きている事が奇跡のように思えるようになった。そして、毎朝、目覚める度に感謝の念が生じ、今日一日をどうやって充実した一日にしようかと考えるようになった。そして、今は、一瞬一瞬が大切な時だと心から思っている。どうだい。この心境は幸せと言えないかな」

トムデールは、唸り、頭を抱え込みました。

「今の私には、理解できません。あまりにかけ離れていて。大切な事だとはわかるのですが、そんな経験をしていないので、サムスさんの心境を察する事ができないのだと思います」

サムスは、言いました。

「まあ、今日は、これぐらいにしておこう。わしも初めから、こんな心で生きていた訳ではないから、おまえさんの気持ちはよくわかるよ。どうだい、コーヒー。もう一杯」

「ありがとうございます」

トムデールは、注がれたコーヒーを喉を鳴らして飲みました。

「サムスさん。貴重なお話ありがとうございました。また、伺ってもいいですか？」

「ああ、ホームレスには、時間はたっぷりとあるからな。いつでも来なさい」

「では、また。失礼します」

トムデールは、川べりの石段を登り、家へと向かいました。

――サムスさんの言われた事をよく考えないといけない。そのほんとうの意味が理解できるようになるまで。

トムデールは、足を早めました。

トムデールは、三日間、家に籠もって考え続けました。そして、決心しました。

――お金を失って、もっと大切な事に気づき、幸せを得る・・・よし、もう恐れている場合じゃない。

寄付をしよう。まずは、自分が育った児童養護施設からだ。

トムデールは、もう何十年も訪れなかった施設に向かいました。

施設は、全く変わっていました。木造だった建物は、コンクリート造で建て替えられ、昔の面影は全くありません。

――ちょっと残念だな。これだけ変わると昔を懐かしむ気分じゃないな。ミーシャとの思い出もいっぱいあるのにな。

トムデールは、受付で事情を話すと、院長室に案内されました。院長は、トムデールよりも十歳位若く、見るからに優しそうな人でした。

「初めまして、トムデールさん。私は院長のジェフニーです。どうぞ、お掛けください」

トムデールは、院長と向かい合って、ソファーに腰掛けました。

「院長先生、初めまして。わしは、中学卒業まで、ここで育ちました。しかし、それ以来訪れていません。来て驚きました。すっかり近代的になってしまって。昔の面影はどこにもありません。時代の流れを感じ、少し残念な気もしますが」

「ええ、木造の校舎が老朽化しまして、五年前にやむなく建て替えました」

窓の外から、子供たちが遊ぶ声が聞こえます。

「子供たちは、いかがです。皆、明るくしていますか」

「ええ、それが私の誇りです。皆、かわいそうな身の上なのに仲良く、明るく暮らしてくれています」

トムデールは頷き、本題に入りました。

「今日、伺ったのは、他でもありません。わずかですが、この施設に寄付をしようと思いまして」

そして、上着のポケットから小切手の入った封筒を出して、テーブルの上に置きました。

「ありがとうございます。では、失礼します」

院長は、封筒の中身を見て驚きました。

「トムデールさん、これは。こんな高額な寄付は初めてですよ」

「いえ、ここで育ててもらいながら、何十年もなんのお返しもして来なかったんです。それぐらいはさせて頂かないと。是非、子供たちの為になるように使って下さい」

トムデールは、立ち上がりました。

「では、わしは、これで・・・」

院長は、慌てて立ち上がり、走ってドアを開けます。部屋を出たトムデールを追う様にして、院長が言います。

「トムデールさん。是非、子供たちの為に有意義に大切に使わせて頂きます。そして、何に使ったか全て報告いたしますので」

トムデールは、玄関まで来ました。院長が声を掛け、職員が総出でトムデールを見送ります。

「職員の皆さん。子供たちの事をよろしくお願いしますよ」

「ありがとうございました」

トムデールは、右手を上げると、施設を出ました。院長と職員達は深々と頭を下げて見送りました。

トムデールは、駅へ向かいながら、思いました。

――なんだか、すっきりしたな。気分爽快って感じだな。

列車に乗りながら、トムデールは、考えました。

――誰かと話したいな。そうだ。サムスさんに会って帰ろう。

駅について列車を降りたトムデールは、菓子屋に寄って、ケーキを買いました。サムスへの手土産です。そして、橋へと向かいました。

橋の上から覗くと、サムスが小屋から出て来ました。ヤカンを持っています。

「今からコーヒーを淹れるんだな。ちょうどいい。御馳走になって行こう」

トムデールは、橋を下り、サムスの所に行きました。

「サムスさん。これ、ケーキです。一緒に食べませんか」

サムスは、コーヒーを淹れながら、トムデールの顔を見上げました。

「ああ、今、ちょうど、コーヒーを淹れている所だ。トムデール、やけにうれしそうだな。何かいい事でもあったのかな」

トムデールは、石に腰掛けると、早速話し出しました。

「今日、自分が出た児童養護施設に行って来ました。そして、寄付をしてきたんです。サムスさんに報告しようと思いましてね」

「それは、ご苦労な事だな。で、いくら寄付したんだね」

サムスは、その額を聞いて驚きました。

「それは、思い切ったな。そうじゃ。そうでなくてはいかん。まあ、あんたも一歩踏み出せたって事かな。めでたいな」

トムデールは、ケーキをサムスに手渡し、自分はコーヒーを受け取り、一口飲んで言いました。

「これで私も一つ善行を積むことができました」

喜んでそう言ったトムデールでしたが、サムスは、意外にも難しい顔をしました。サムスは手に持ったケーキを一口食べると、コーヒーを飲んで話し出しました。

「確かに、おまえさんが多額の寄付をした事は、一つの善行と言えぬ事もない。しかし、ほんとうの善行というのは、小切手を切るだけで済む事だと思うかね。善行とは、そんな安っぽいものではないとわしは思う。自ら汗水垂らし、心を込め、祈りを込めた行動こそが善行と呼べるのではないかな。出した金の大小では計れない。自分がその事にいかに心を込めたか、愛を持って成せたかが大切なのではないか。少なくとも、わしはそう思う。今日、初めて、人の為に大金を手放したおまえさんに言うのは酷かもしれんがな」

トムデールは、青ざめました。さっきまでの浮かれた気分が一瞬で消し飛びました。それほど、サムスの言葉は真を突いたものだったのです。トムデールは、頭を抱えました。サムスは、一転して慰めます。

「落ち込まずともよいぞ。まあ、今日は今日で良い事をしたのに変わりはない。そう一足飛びにはいかんもんじゃ。また、よく考えて見るんじゃな」

「はい。そうします。浮かれていた自分が恥ずかしい。サムスさん。これに懲りず、またご指導下さい」

トムデールは、そう言って、立ち上がりました。

「ケーキをありがとう。気をつけて帰りなされ」

サムスの言葉に見送られ、トムデールはまた重く感じる足を引きずるようにして、家に向かいました。

――わしの心の至らなさに、ほとほと嫌気がさしてくるな。この歳になるまで何も成長していないな。

トムデールは、家に帰り、自己嫌悪で食事も取らずに過ごしました。


その夜、トムデールは、夢を見ました。ミーシャの夢です。ミーシャは、また花畑で光り輝いていました。トムデールが駆け寄るとミーシャはトムデールの目を見つめ、それはそれは可愛い声で、

「ミャー、ミャー」

と啼きました。

「ミーシャ！」

トムデールは、また手を差し伸べました。やはり、ミーシャを抱く事はできませんでしたが、指の先がミーシャの頬を触れたのです。

ミーシャは、その指を舐めてくれました。なんとも言えない幸福感がトムデールの心を占めました。

そこでトムデールは目覚めました。

――抱く事はできなかったが、ミーシャに触れる事ができた。これは前よりよくなっているって事なのか。くじけている場合じゃないぞ。頑張らないと。

そして、トムデールは善行について考え直しました。

――サムスさんの言う通りだ。金額の問題じゃない。いや、金の問題じゃないんだ。善行とは心だ。愛のない行いは善行とは言えない。

――では、どうすればいいんだろう。何か行動に出なければいかんのかなあ。

トムデールは、考え続けました。そして、三日目。ある事に閃きました。

――そうだ。自分で直接感じ、そして何をなすべきかを知恵を絞って考えるんだ・・・。うん、そうだ。でも、それにはサムスさんの協力が必要だ。今から行ってみよう。

トムデールは、家を出て、橋へと急ぎました。途中、公園を横切ろうとした時、サムスが草抜きをしているのを見掛け、トムデールは駆け寄りました。

「サムスさん。あれから、私はまた考え続けていました。そして、閃いたんです。相談したい事があります」

サムスは、草を引きながら答えました。

「トムデール。ちょっと待ってくれないか。あそこまで草を抜こうと思ってるんでな。時間があるなら、わしの小屋でコーヒーでも淹れて待っていてくれんかな」

「わかりました。茶菓子でも買って、コーヒーを淹れて待ってますから」

トムデールは、そう言って、橋へと向かいました。橋の近くにパン屋があります。そこでトムデールは、ドーナツを買って橋の下に降りて、小屋からヤカンやコーヒーの粉やらを持ち出し、慣れぬ手付きでなんとか火を起こして待ちました。

「やあ、悪いな。すっかり待たせてしまった。いや、どうもあそこの雑草が気になってな」

サムスは、首に巻いたタオルで汗を拭きながら帰って来ました。

「いえ、こちらこそ、お仕事の途中に邪魔をしまして。コーヒーも淹れました。ドーナツみたいな物しかありませんが、一休みなさって下さい」

トムデールは、カップにコーヒーを注ぎ、ドーナツをサムスに手渡しました。

「ああ、これはありがたい。わしはドーナツが好きでな」

サムスは、ドーナツを一口食べて、コーヒーをすすりました。

「うん。うまい。ところで、トムデール。閃いたってのは何かな？」

トムデールもコーヒーをすすりながら、答えます。

「あれから、三日間考え続けました。私にできる善行は何かと。そして、閃いたんです。この町の外れに貧しい人達が暮らす、シズルという地区があるでしょう。あそこに行って、一軒一軒回って、何か困った事がないかと訊ねて、力になってあげようと。一言に貧しいといっても、それぞれにいろいろな事情があるでしょう。それを丹念に聞いて、そして何か援助をする事ができるんじゃないかと」

サムスは、コーヒーをすすりながら、真剣に聞き、少し考えて答えました。

「うん。それは、いい考えだな。わしは、あのシズルの事はよく知っている。みんなもホームレスのわしを仲間とでも思ってるのか、親しくしてくれている。確かに、貧乏といってもいろいろあるからな。そんな細々とした援助など、この国はしようと思っておらんからな」

トムデールは、サムスが取りあえず、納得してくれてホッとしました。そして、続けました。

「ただ、私は、この町では誰もが知っているケチの投資家です。私が行っても、皆喜びはしないでしょうし、信用もしないでしょう。そこで、サムスさんにお願いしたいんです。私と一緒に家々を回って、何か援助をできることを聞き出してほしいんです」

サムスは驚きました。

「わしがおまえさんと一緒に？そんな馬鹿な。そりゃ、確かにシズルの人達が幸せになればとは思っているが、いくら貧乏と言っても、わし程ではないからな。この町で、最も貧乏なわしが人様の援助をするってのはおかしいとは思わんか」

「いえ、援助はもちろん、私がします。サムスさんは、気軽に何か困っている事がないかと訊ねていただければいいんです。後は私が最善を考えて手を打ちます」

サムスは、考え込みました。

「そして、おまえさんは一緒に行くのか？みんな顔を知ってるぞ」

「帽子を被って、サングラスを掛ければ、わからないのじゃないですか。どうせ、どケチで知られているんですから、まさか、私が援助するとは誰も思わないでしょうから」

サムスは、天を仰ぎます。

「今夜一晩でいい、考えさせてくれ。一つ聞きたいのは、トムデール。おまえさんに何があったのだな。善行を積みたいと言う思いが、おまえさんを駆り立てているように思えるんだが、何を急いでいるのかな？」

――自分が焦っているのは一日も早くミーシャに会いたいその一心だが、その話はサムスさんに言っても理解できることではないかもしれない・・・。

「今は、話せません。話しても信じられないでしょうし、私の思いも察してはもらえないと思います。ただ、子供の頃のような純粋な心を取り戻したいのです。もうこの歳です。時間がたっぷりある歳ではない事が私を急がしているんです」

サムスは、なんとか頷きました。

「おまえさんにしかわからない、何か重要な事が心の中で起こっているんだな。歳を取れば事を急ぐ。それは、わしにもよくわかる。いつ死んでもおかしくないからな。歳を取ると皆、気が短くなる」

サムスとトムデールは、しばらく黙り、ドーナツを食べ、コーヒーを飲みました。

サムスが言いました。

「明日、また来てくれ。一晩じっくりと考えてみるから」

トムデールが立ち上がりました。

「いい返事を期待してます。サムスさん」

「ああ、じゃあまた明日。時間は昼過ぎだと都合がいいんだが」

「じゃあ、明日、午後一時に来ます」

トムデールは、石段を登り、家へと向かいました。

――サムスさんの事だ。きっと受け入れてくれる。

トムデールは、それだけサムスを深く信頼していたのです。


次の日、約束の時間にトムデールは、サムスの小屋を訪れました。しかし、サムスは居ませんでした。

――また、掃除が終わらないいんだな。

トムデールは、火を起こし、気長に待つ事にしました。

「ああ、待たせてすまん。ちょっと、昨日言ってた地区、シズルの様子を見て来たんだ」

サムスは、そう言いながら、現れました。

「ああ、サムスさん。いいご返事を聞きに来ました」

「ああ、昨夜、わしなりに考えて、今日、朝から、シズルをもう一度見て、顔見知りの老人たちの話を聞いてきたんだ」

「それで、どうですか?私の提案にご協力頂けますか?」

サムスは、石に腰掛けながら言いました。

「ああ、シズルの住人には、やはり援助が必要だな。貧しい上に高齢者が多い。寝たきりの老人も多くいる。働ける若い世代が、その老人たちの介護で職に付けずにいる。すると、収入がない。そして、十分な介護ができない。悪循環だな。みんな精一杯働いているが、疲れ切っている。誰かがこの悪循環の輪を断ち切る事が必要だな。トムデール、簡単には行かないぞ。根気もいるし、やりだしたら終わりが見えない事だぞ。その覚悟はできているのかな?」

「と、言う事は、サムスさんは、協力して下さるって事ですか?」

サムスは、差し出されたコーヒーを飲みながら答えました。

「わしは、ホームレスだ。汚れ仕事にも慣れているし、時間があるから気長にもなれる。問題は、おまえさんだよトムデール。今まで、何不自由ない暮しをしてきたおまえさんが、根気よく援助できるかな」

トムデールは、即答しました。

「ありがとうございますサムスさん。あなたの協力が得られれば、百人力です。私は、もう覚悟をしていますから、ご安心下さい」

「よし、決まりだな。善は急げだ。早速、明日から一軒ずつ回ろう」

「サムスさん。よろしくお願いします」

トムデールが握手を求め、サムスはその手をしっかりと握りました。


次の日になりました。トムデールは、帽子にサングラスを掛けたいでたちで、シズルの手前でサムスと落ち合いました。二人は、シズルの街に入ります。洗濯物があちこちに干された二階建ての老朽化したアパートが並びます。道路では、子供たちが石蹴りをして遊んでいます。どの子も継ぎ当てだらけの服を着て、風呂に入っていないのか、髪はボサボサです。みんな痩せ細っています。

「君たち、車に気を付けて遊ぶんだよ」

トムデールが声を掛けると、

「はーい！」

と元気な返事が返って来ました。

トムデールは、それで安心しました。

「あの子たちにも服が必要ですね。それともっと栄養をつけないと」

「ああ、そうだな。やる事が山ほどあるぞ」

二人は、シズルの端まで来ました。サムスが腕を組んで言いました。

「ここで終わりだ。どうする。どこから始めようか」

「どうせ、全世帯を回るんです。端から行きましょう」

二人は、アパートの一階のドアをノックしました。返事がありません。サムスは、ドアを開け、中に向かって声を掛けました。

「こんにちは。誰かいませんか」

「ああ・・・どなたさんかな?」

しわがれた、弱々しい老婆の声がしました。

「おばあさんですか。ちょっと上がらせてもらいますよ」

サムスは、トムデールに目で合図して、玄関から中へ入りました。

二間ある部屋は、薄暗く、散らかし放題の有り様です。奥の部屋に老婆が寝ています。

サムスは老婆の枕元にしゃがみ、声を掛けます。

「おばあさん。独り暮らしですね。ちょっと、話を聞かせて下さい。起きれますか？」

老婆はサムスの手を借りて身を起こしました。

「どなたかな？」

「わしは、サムス。ご存じでしょう。橋の下に住んでいる者です」

「ああ、あの。で、何か御用ですか？」

トムデールが、話し掛けます。

「おばあさん。何か不自由な事はありませんか？」

「不自由。不自由といえば不自由だらけじゃが、私は足が悪くてのう。トイレに行くのも足がふらついて。手摺りがあれば助かるんじゃがな。風呂にもな」

トムデールが答えます。

「わかりました。じゃあ、手摺りを付けましょう。それと、ベッドがいりますね。掃除もしないと」

「じゃが、手摺りを付けるのにもベッドを買うにも金が掛かる。それが無いもんでな」

「おばあさん。ご心配無く、お金は私が払いますから。それより、食事はどうされてますか？」

「ああ、食事ぐらいは、自分で作れます」

「ちゃんと栄養ある物を食べてますか？」

「ああ、それぐらいの金はありますから」

サムスとトムデールは、目を見合わせて頷きました。

「じゃあ、おばあさん。明日にでも、大工さんに手摺りを付けてもらいますからね。それと掃除をしに別の人が来ますから。私らも来ますから、何でも言って下さいね」

「でも、金が無いから・・・」

「お金は掛かりません。心配しなくていいですよ」

トムデールとサムスは、家を出ました。

「手摺りとベッド。それに週に二回ぐらいは掃除をするように手配しましょう」

「ああ、任せたよ。よろしくな。じゃあ、次に行こう」

二人は、隣の家に行きました。

「こんにちは。少しお話を聞かせて頂きたいのですが」

「なんですか？話って」

五十位の女性が出て来ました。

「何かお困りの事はありませんか？」

「ええ、そりゃありますよ。父が寝たきりで、介護が大変で・・・」

「二人暮らしですか？」

「ええ、私は、離婚しましたので。今は父と二人です」

トムデールが訊ねます。

「お仕事は、どうされてますか？」

「ええ、父の介護があるんで、日に二時間程パートをしてます」

「それで、生活できますか？」

「そりゃ無理ですよ。貯金がどんどん減ってしまって・・・せめて、二日に一回でも、終日働ければ、食べて行けるんですが」

サムスがトムデールに囁きました。

「このパターンが多いんだよ。介護で働けないってのが」

トムデールは、頷きました。

「では、一日置きにおじいさんの介護する女性を来させます。そうすれば、なんとかなりますか？」

「そりゃ、ありがたいですけど、そんなお金はありませんよ」

「いえ、お金はいりません。私が出しますから」

女性は、驚きました。

「何ですか？あなたたちは、新手の詐欺ですか？帰ってちょうだい」

サムスが前に出ました。

「わしの顔に見覚えがありませんか？」

「ああ、あなたはあの橋の下で暮らしておられる・・・サムスさんでしたっけ。いつも町を掃除してくれてますよね」

「ええ。わしを信用してくれませんか。この人は、最近、この町に越して来られた資産家で、慈善家なんです。皆さんのお役に立ちたいと言われて、わしがお手伝いをする事になりました。決して詐欺などではありませんからご心配無く」

女性は戸惑っているようです。

「まあ、サムスさんが悪い事をする人じゃない事はわかりますが」

「じゃあ、あさってにでも介護の女性を来させます。パートの方は変更できますか?」

「ええ、それは・・・手が足りないらしいので、増える分には問題ありません」

「では、あさって立ち会いに来ます。くれぐれもお金の心配などなさらぬように」

二人は、その家を出ました。

トムデールが、ため息をつきます。

「サムスさんがいなけりゃ追い出されていた所だ。まあ、無理もないな。いきなり来て、お金はいりませんじゃあ誰でも疑うよな」

サムスが、慰めます。

「いや、実際に援助して金を要求しなけりゃいい。せまい街だからすぐに噂になって後は楽になるよ」

その日、二人はもう一軒を訪ねました。そこの問題は、子だくさんで食料費が足りないという事でした。トムデールは、毎日食料を配達させる事にしました。しかし、疑われたままです。

次の日、二人は大工を雇って、老婆の家に行きました。そして、必要と思われる所に全て手摺りを付け、午後からは、手配した掃除員が二人来て、トムデールも手伝って掃除をしました。部屋は見違える程きれいになり、ベッドも運び込まれました。老婆の喜ぶ顔がトムデールの心に深い満足を与えました。


そして、三週間が過ぎました。トムデールは多忙な日々を送っていました。シズルの街では、サムスの言った通り、もう二人を疑う人はいません。皆、自分たちの家に名も知らぬ慈善家が訪れる順番を楽しみに待っています。

そんな夜の事です。トムデールは、久しぶりに夢を見ました。あの花畑に立っていました。

――ミーシャ。ミーシャはどこだ?

すると、頭の中で声がしました。クララの声です。

「トムデール。心を愛で満たしなさい」

しかし、トムデールはどうすればいいのかわからずに立ち尽くしていました。

すると、遥かな先に光の玉が見えました。どんどんこちらに近づいて来ます。トムデールは身動きができません。そして、その光の玉は戸惑うトムデールの胸に飛び込んで来ました。光が薄れると、それはミーシャでした。

「ミャー、ミャー」

ミーシャはトムデールに体をこすりつけています。

「ミーシャ！ミーシャ！愛してるよ」

トムデールは、ミーシャをしっかりと抱きしめると、頬ずりをしました。

トムデールの頬を涙が伝います。その喜びは言葉では言い表せない深いものです。トムデールの心が今まさに愛で満たされました。

トムデールが長年、心に貯め込んでいたマイナスの想念が全てその愛で溶かされて消えました。目から涙が止めどなく溢れ出ます。

「ミーシャ！ありがとう。愛してる。心から愛してるよ」

トムデールは、目覚めました。涙が枕をびっしょりと濡らしています。トムデールの胸は熱く、手にはミーシャの感覚がはっきりと残っていました。

「クララ。ミーシャ。ありがとう。ありがとう・・・」

トムデールは、その喜びにいつまでも浸っていました。


次の日、トムデールは、サムスと共にまたシズルの街で家々を回りました。午後からは、あるアパートの屋根の修理に立ち会い、家の中の簡単な修理はトムデール自身も行いました。夕方になってトムデールは、サムスと別れ、帰路につきました。さすがに疲れた足取りで、藪の横を歩いていた時でした。目の前に、何か白いものが飛び出し、トムデールは驚いて足を止めました。

「ミャー！」

それは、手の平に乗りそうな小さな三毛猫でした。トムデールの目が輝きました。

「ミーシャ！ミーシャじゃないか」

トムデールは、子供の頃、子猫だったミーシャを拾った時の事を鮮明に思い出しました。

「ミャー、ミャー」

子猫はトムデールの足に体をこすりつけてきました。トムデールは、しゃがんで子猫を抱き上げました。それは忘れもしないミーシャ独特の柔らかい感覚でした。トムデールは、子猫に頬ずりをしました。

「ミーシャ。ミーシャ。ついに来てくれたんだね。神様ありがとうございます・・・」

トムデールは、その場に座り込んで、ミーシャを抱いて泣き続けました。


トムデールは、完全に生まれ変わりました。投資家を辞め、シズルに住む人々の援助も根気よく続け、サムスと共に町の掃除も始めました。初めのうちは疲れやすかった体も、汗水垂らして働くことで、足腰も鍛わり、今では若返ったように元気です。

家に帰ると愛しいミーシャが玄関まで飛んで来て、出迎えてくれます。そして、夜はミーシャを布団に入れ、その温もりを感じながら、安らかに眠ります。ミーシャは、トムデールの愛を受け、すくすくと育ち、三色の毛の配置まで、トムデールが今も忘れない昔のミーシャと全く同じ姿になりました。

長年築き上げた財産は、減っていきますが、そんな事は、トムデールは、気にも止めなくなっていました。トムデールは、この上もない幸せな日々を送りました。

一年が経ちました。名も知れぬ慈善家が実はあの投資家のトムデールだったという事を、もう町中の誰もが知っていました。

もう誰も彼をケチとは言いません。今は「慈善家のトムデール」と呼ばれ、トムデールは、サムスと共に町の誰からも尊敬され、親しまれる存在となったのです。

熱心に協力してくれているサムスに、トムデールは感謝して、手頃な一軒家を見つけ、住むように勧めました。

しかし、サムスは言いました。

「トムデール。気持ちはありがたいが、前にも言ったように、わしはあの小屋に住んで、幸せで満足している。それに、おまえさんのような親友もできた。今のままが一番いいんだ。まあ、もっと歳を取って、どぶさらいなどの掃除ができないほど、足腰が弱った時には、こちらからお願いするよ」

トムデールは、少し残念でしたが、その言葉が、いかにもサムスらしいと納得しました。

そんなある日、トムデールの家に若い女性が訪ねて来ました。

トムデールは、その女性を一目見るなり、

「クララ、クララだね！」

と叫びました。

女性は、首を傾げました。

「誰かとお間違えじゃありませんか?私は、ティアラ・シモンズといいます。トムデールさんとは初対面ですが・・・」

トムデールは、我に返りました。

「ああ、そうだったね。新聞記者のティアラ・シモンズだったね」

「どうして、私が新聞記者と・・・」

「いや、ふとそんな気がしてね。そんな事より、まあ、お上がりなさい」

トムデールが、ティアラを応接間に通し、ソファーに腰掛けさせるとティアラは、話し出しました。

「この町の慈善家で、貧しい人々を援助し、町の人々から尊敬されているトムデール氏の噂が私たちの町まで届いております。それで是非、取材をさせて頂きたいと思い、伺いました」

トムデールは、名刺を受け取りながら、言いました。

「そうですか。遠い所をわざわざご苦労さまです。少しお待ち下さい。今、とびきりおいしい紅茶を淹れてきますから」

トムデールは、応接間を出て、キッチンに行くと上機嫌で最高級の紅茶を淹れ、ケーキを準備しました。

そして、それを持って応接間に戻ると、驚いた事に、いつもは人見知りをするミーシャが、ティアラの膝に乗り、さも、うれしそうに「ミャー!」と一声啼いたのでした。

暖炉

「健一ー。こっちだ。こっち」

春野健一が居酒屋の縄のれんをくぐると、すぐに、親友の井筒雅史の声が響き、健一が見ると、雅史が大きく手を振っていた。

健一が、雅史のテーブルの向かいに座ると、

「先にやらせてもらってるぜ」

と雅史は、生ビールのジョッキを持ち、枝豆を片手につまみ、にっこりと笑った。

「悪かったな。三十分も遅れて」

健一は、腕時計を見ながら謝った。そして、上着を脱いで、ネクタイを緩めながら、店内を見廻した。

「なかなか、しゃれたいい店じゃないか。人気があるのか、客が多すぎるのが、ちょっと落ち着かんがな」

「ああ、いい店だろう。最近見つけたんだ。取りあえずは、生ビール、後は刺身の盛り合わせと焼き鳥の盛り合わせでいいかな」

「ああ、上等だ」

雅史が店員を呼び、注文すると、先に生ビールが運ばれてきた。

「取りあえず、乾杯だ」

二人はジョッキを合わせ、ビールを一気に胃に流し込んだ。

「フーッ。しみるな、この心地よさは何にも代え難い」

健一の眉間のしわが取れて、人の良さそうな顔が、一瞬かいま見えた。雅史は、少しの間そんな健一

の顔をまじまじと見て言った。

「やはり、相当疲れてるな。顔色も悪いし、目の下も真っ黒だぞ。仕事が忙しいのは結構なことだが、たまには休みを取らんと、おどかす気じゃないが、過労死ってこともありうるぜ。お互いもう四十まじかで若くないいんだからな」

健一は、ビールを一気に飲み干し、お代わりを注文すると、雅史の方を向いて言った。

「なにしろ。人様が考えている以上に雑用の多い仕事だからな。それを一人でやっているとな。朝は、役所に申請書を出したり、事前の打ち合わせをしたりで走り回り、昼からは二つも三つも抱えている現場から、ひっきりなしに電話だ。問題によっては、現場に行かんとならん。で、結局、飯の種の図面を描くのは、夜の残業となる。そして、設計には常にぎりぎりの締め切りがあるから、泊まり込みや土、日も出勤となるってことさ」

健一は、一級建築士で独立して、建築設計事務所を経営している。そして、高校生の時の同級生の雅史は、父の後を継ぎ、社員三百名の機械部品の工場を経営していた。

雅史は頷きながら、話を聞いていたが、口をはさんだ。

「忙しいのはわかるがな。おまえは、昔からくそまじめで頑固なところがあるからなー。とにかく、ここらでちょっとは体を気遣えよ」

健一は、運ばれてきた刺身の盛り合わせと焼き鳥の盛り合わせから、焼き鳥の串を取り、かぶりつきながら話を聞いていた。

雅史はポケットからキーホルダーのついた鍵を取り出すと、テーブルの上に置いて、言った。

「おまえに設計してもらった別荘の鍵だ。三、四日ここで休んだらどうだ。金曜日から、土、日をはさんで月曜に帰れば、仕事への影響も最低限ですむだろう。事務所の扉には『臨時休業』の札を下げ、電話は留守電。携帯は電源を切っておけばすむ、簡単なことさ」

健一は、机の上の鍵を手に取って、見つめた。自分が設計した山の別荘が頭に浮かんだ。親友の雅史からの依頼に、心を込めて設計した、自分の作品の中でも満足のいく物件だった。

そして、今週末の仕事の段取りを考えた。無理して、金曜日の朝に、今の依頼主に図面を渡せれば、確かに月曜まではなんとか休めそうだ。それに雅史の言う通り、心も体も疲れは限界に来ていた。健一は答えた。

「わかった。鍵は借りる。なんとか休みを取る。すまんな、雅史」

雅史は笑って答えた。

「なに言ってるんだ。自分が建てた別荘じゃないか。あそこはいいぞ。いつも言ってるが、あの別荘に居ると、それだけで疲れが取れる。家族中、設計したおまえに感謝しているんだ。最高の別荘だってな」

健一は、満足そうな顔をして、メニューに手を伸ばした。

「雅史。おまえは、から揚げが好きだったよな。俺はほっけの塩焼きってとこかな。すいませーん。注文取ってくださーい」

雅史は、ここで話題を変えた。

「それはそうと、奥さんの美恵さんと、卓也君は元気かい」

健一は、一瞬黙ってから、元気のない声で答えた。

「それが、美恵は卓也を連れて、実家に帰ってしまった」

雅史は驚いてたずねた。

「何かあったのか」

「別になにもないさ。ただ、俺が、ひどい時は、週に一度しか家に帰らなかったりしたものでな。あんまりだと美恵が言い出して、結局口論になって、次の日には出て行った。夜遊びでもして、あいそをつかされたのなら、わかるが、家族のために身を粉にして働いて、その家族に見限られたって、馬鹿馬鹿しい話さ」

「おいおい。まさか別れるなんてことには、ならんだろうな。美恵さんは、俺にとっても親しい存在だ。しゃれにならんぜ」

健一は、ふてくされたように答えた。

「さあな。向こうがどう思ってるかだな。俺はもしそうなっても、もうどうでもいいんだ。考えるのも億劫なぐらい疲れているんだ。それに、何がそんなに不満なのか、俺には理解できんしなあ」

雅史は、ビールを一気に飲み干すと、宙を見つめて、考え込んでいた。そして、しばらくして言った。

「健一。よく聞け。おまえは働きすぎで、自分を見失ってる。ともかく、別荘でゆっくり休め。俺もその間に考えておくから・・・」

健一は、これには素直に頷いた。

「悪いな。心配をかけて」

雅史は、腕時計を見た。

「ああ。もうこんな時間か。俺は野暮用があってな。寄り合いなんだ。久しぶりなのに悪いが、今日はこのぐらいで勘弁してくれるか。だが、健一。金曜日には、別荘に行くんだぞ。約束だぞ」

雅史がそう言って、二人は立ち上がり、のれんをくぐって居酒屋を出た。


金曜日、朝一番に住宅の依頼主に図面を届け、役所を廻って、事務所に帰った健一は、「臨時休業金曜日~月曜日」と事務所のドアに貼り紙をし、数ヶ所の現場に電話をかけ、事情を話し、留守電をセットすると、正午前に車に乗り込んだ。

取りあえず、四日分の食料を買い込みに、スーパーマーケットに車を乗り付け、料理をせずに食べられる、缶詰やレトルト食品、パック詰めのごはんやパンなどを買い込んだ。料理ができないわけではないが、とにかくなにもせずに休みたかった。

そして、車を走らせ、高速に入り、別荘に向かった。別荘までは車で二時間程、途中ドライブインに立ち寄り、昼食を急いですませると、また高速をひたすら走った。

前方に山々が、見えだした。高い山は、頂きに雪を冠し、ひときわ美しく見えた。

――あの山が、別荘の窓の正面に見えるんだ。それを条件に設計したが、やっぱり正解だったなあ。

健一は、寒い中、車の窓を開けて見た。車内にどっと冷気が入ったが、空気がきれいなのはわかった。周りはすっかり田園風景だ。今は、田んぼに水はないが、別荘の建設の頃には、パーキングに車を止めて、青々とした田園風景に見とれたものだった。

健一は、そのまま山に向かって走った。そして、ようやく高速の降り口に着き、高速を降りると、山がぐっと迫って見えた。坂道を緩やかに登りながら、さっき見た高い山の反対側の山を目指した。

別荘のある山は、対峙する山とは違って、人が軽い登山を味わえるほどの低い山だった。

そして、その中腹の崖から張り出すように雅史の別荘は建っていた。全面が長く、背の高いガラス窓の外観が斬新なので、遠くからでも、目立っていた。健一は、別荘を見て懐かしさを覚えながら車を進めた。

健一の車は、その山のふもとの小さな集落を通り抜け、山道に入った。カーブの多い細い道は、それでもアスファルトで舗装されているので、木々の間を車は快適に走った。

別荘が見えてきた。山側から見ると、屋根には銅板が貼られ、天窓が並び、壁には、素焼きのタイルが貼られた落ち着いた佇まいだった。健一は、別荘の前まで上がって来ると、車五、六台は止められるゆったりとした駐車場に車を止め、車から降りると、別荘をゆっくりと見て歩いた。

――どこにも傷んだ所は見当たらんな。大丈夫だ。

健一は、満足そうに頷くと、車の中から、荷物を取り出し、玄関の大きな木製の扉に雅史から借りた鍵を差し込み、扉を開けた。広い玄関ホール。床は黒っぽい石。壁は大理石が貼られた豪華な玄関だった。別荘でありながら、得意先などを招いてのパーティを開くこともあるだろうと、大切な客人を迎えるにふさわしいデザインを施したのだ。

健一は、荷物を持ったまま、玄関ホールを見回し、満足そうに頷き、リビングへのこれも大きな木製で、彫り物が美しいガラスがはめ込まれた扉を開けた。

リビングは、三十畳以上はあるかと思える広いもので、まず目に飛び込んでくるのが、幅広く大きな連窓。その上部は斜めガラスで、連山に向かっての視野もいっそう広く、上からも光が差している。加えて奥の壁側は、吹き抜けになっていて、天窓からの日差しもあり、全体が明るい部屋となっていた。壁は、腰までがベージュの大理石、上の壁は少し赤色をおびたベージュ。柔らかで温かみのある色合いが、この部屋の雰囲気にしっくりとなじんでいた。

健一は、荷物を下ろすと、コートを着たまま連窓の前にたち、はるかにそびえ、頂きに雪を被った連山を見つめた。

――設計の時は、この景色をなんとか生かすように、何度も考え直したもんだ。

しばらく、そうしていると、健一は、ホッとしたのか急に疲れを感じ、連山がよく見えるように、窓と並行に置かれたソファに横たわった。ひじ枕をして、窓の外を見ていると、いつのまにか眠り込んでしまった。

ふいに寒さを感じて健一が目覚めると、窓の外が赤く染まっていた。時計を見ると五時前だった。

――やっぱり、疲れているんだな。こんなに眠り込んでしまった。

もう一度、窓辺に近寄ると、夕焼けに染まった連山を眺めた。先程とはまた違った表情を見せる山々。健一は、ソファに腰かけ、日が沈むまでぼんやりと景色を眺めていた。

――美しい。心に染み込んでくるなあ。気持ちもどんどん落ち着いていくようだ。

日が暮れ、室温が下がってきた。健一は、立ち上がり、窓と反対の壁側の中程に設けられた暖炉コーナーに向かった。

床にはレンガが敷かれ、壁にはレンガ造で、しっかりした暖炉が設けられていた。健一が、調べて研究し、苦心して設計した暖炉だった。

コーナーの両側は、レンガタイルが貼られ、薪がたっぷりと積んであった。

健一は、薪を暖炉に入れて、火の廻りがよいように立てかけると、薪の下に新聞紙を丸めたものと、細く割られた薪を多めに置き、火をつけた。

しばらくすると、薪に火がつき全体に火が廻りだした。健一は、その炎をじっと見ていると、ふと昔、子供の頃に祖父に言われた事を思い出した。

それは、祖父の家の小さな暖炉の前、祖父と二人、炎を見ていた時の事だった。

「健一、炎をじっと見つめてごらん。ずっと見ていると、炎が揺らめきだし、炎の中に何かが見えてくるから」

子供だった健一は、祖父に言われた通り、炎を見続けたが、何かが見えるどころか、炎が揺らめきさえもしなかった。

「おじいちゃん。なんにも見えて来ないよ」

するど、祖父は笑って答えた。

「ハッハッハ。おまえには、まだ早すぎたんだな。だが、大人になればきっと見えるようになる。その時まで、忘れるなよ」

——じいちゃんは、子供の俺をからかったんだな。

健一は、リビングの奥にあるオープンキッチンに、今日買いだめした食料を持っていき、パンや牛乳は冷蔵庫に入れた。そして、弁当を取り出すと、キッチンに備え付けのカウンターに座って、ワインの栓を開けた。

——しばしの休暇に乾杯だ。

健一はワインをグラスに注ぐと、一気に飲み干し、電子レンジで温めた弁当の蓋を開けて、おかずを肴にワインを飲んだ。

——この別荘は快適だが、一人でいるには大きすぎるなあ。なんだか落ち着かん。

ふと、美恵と卓也のことを思い出したが、頭を振って打ち消した。

弁当を食べ終わると、健一は、二階の寝室のクローゼットの中から、一畳ほどのマットと毛布を二枚持って来て、暖炉の前にマットを敷いた。そして、ワインをもう一本開け、暖炉の前に毛布を被って座りこみ、グラスを片手に暖炉の炎を見つめた。体とともに心まで温まっていくようで、心が休まっていくのが自分でもよくわかった。

――ほんとうに炎の中に何かが見えるんだろうか？　まさかな。

祖父が言ったことを試してみる気があったわけではないが、炎を見つめる心地良さに、健一はずっと浸っていたかった。

そうしていると、いろいろな雑念が薄れていった。一時間もすると、もう何も考えず、ただ炎を見つめているだけの状態になった。その時、炎が揺らめきだした。そして、炎の中に景色が浮かび上がって、それは、みるみる視界いっぱいに広がった。

――うわあ。これはなんだ？

一瞬、たじろいだ健一だったが、思い直して、その景色をじっと見つめた。

それは、病室だった。ちょうど天井ぐらいの高さから、病室のベッドを見下ろしていた。ベッドには、若い女性が生れたばかりの赤ん坊を横に抱いていた。そして、そのベッドの脇には、男性が座っていた。左手で女性の手を握り、右手で赤ん坊の頬を優しく撫でていた。

――若い夫婦に、初めての赤ちゃんだな。

健一は、その夫婦の顔が見たくなった。すると、カメラがズームするように、その夫婦の顔が大写しになった。

――父さんと母さんだ。

健一は、驚いた。五歳の時に、二人で車に乗っていて、中央車線を大きく乗り越えてきたトレーラーに正面衝突され、事故死した両親だった。健一は、もう忘れかかっていた両親が、赤子の自分を見つめる顔を初めて見たのだった。

――なんて優しい目をするんだろう。

父と母がわが子を見つめる瞳。なんとも表現しがたい優しい瞳だった。健一は衝撃を受けた。

――人は、こんなに優しい目をすることができるんだ。

それが、自分に向けてのものだったことが、健一には、なんだか信じられなかった。

すると、景色が変わった。こんどは、公園のようだ。これも高い位置から下を見下ろしていた。人が歩いて来た。四、五歳の子供をまん中に、両親が子供の手を両側からつないでいた。子供は喜んで、手にぶら下がったりしていた。

――もっと近くで・・・。

健一がそう思った途端、三人が大写しになった。

――やはり、父さんと母さんと俺だ。

健一は、父と母の顔を見つめた。そして、ドキリとした。二人とも先程の病室と同じ優しい目でわが子を見つめていたのだ。

――心から俺のことを愛してくれてたんだ。

健一がそう思った途端、景色は消え、なにごともなかったように、暖炉の炎が目の前にあった。

健一は、あまりのことにうろたえた。父と母。もうとっくの昔に忘れていた父と母が、あんな瞳をするほど自分を愛してくれていたなんて。そう思うと、健一は、いてもたってもいられず、立ち上がり、大きなリビングを行ったり来たりと歩き回った。

――俺はどうして父と母のことを忘れていたのだろう。

思考は混乱していた。あまりに幼い時に両親を失ったので、子供の頃は、心のどこかで両親を恨みつつ育った事が、思い出された。

そのためか、なるべく両親のことを思い出さないようにする癖がついたのか。

健一は、もう何年も墓参りもしていなかったことに、胸が締めつけられるような後悔の念にさいなまれた。

――そうだ、卓也が幼い頃までは、墓参りもしていた。仕事だ。仕事が忙しくなって、父と母のことを思い出さなくなったんだ。

健一は、全てを仕事のせいにしようとしていた。しかし、それは自分に嘘をついている時独特の違和感があった。

健一は、また暖炉の前に座り、頭を抱えた。まだ両親の瞳が目に焼きついている。

――あの瞳。父や母が、それほど深く俺を愛してくれていたなんて、考えた事もなかった。

父母を忘れていたという自責の念と、深く愛されていたという胸が熱くなるような安堵感が胸に去来した。健一は、救いを求めるようにまた暖炉の炎を見つめた。

すると、また炎が揺らめきだし、別の景色が見えてきた。暗い部屋を上から見下ろしていた。布団を被って、誰かが寝ていた。

――誰だろう？

と思うと顔が大写しになり、それが、小学校の高学年ぐらいの自分だとわかった。顔には汗をかき、苦しげな表情でうなされていた。

――怖い夢を見ているようだな。

すると、音をたてずに襖が開けられ、誰かが入ってきた。祖母のようだった。そして、子供の自分のそばに添い寝すると、タオルで顔を拭き、優しく撫でてくれていた。

「かわいそうな健一。ばあちゃんとじいちゃんが、いつもついててあげるからな」

そうささやくと、祖母が、優しく頭を撫でだした。すると、少年の健一は、安らかな寝息をたて始めた。しばらくそうしていてから、祖母はそっと立ち上がり、襖を開けて部屋から出て行った。

そして、祖母が居間に戻ると、祖父が待っていた。

「どうだ、健一は。またうなされてたか？」

「ええ。でも、もう止まりましたよ」

「かわいそうにのう。また、親を失った時の夢を見ているんじゃのう」

健一は、懐かしい祖父母の顔を見た。二人とも、優しくも深い憂いを漂わせた目をしていた。

「あの子には、幸福になってもらわんと。死んだ両親の分も・・・」

祖母が呟き、祖父は茶をすすりながら、何度も頷いていた。

――毎晩、添い寝をしてくれていたなんて、まったく知らなかった。

健一は驚いた。祖父母の孫を思う気持ちが、直接、自分の胸に流れ込んで来た。

両親が死んでから、自分を引き取り、育て、大学まで出させてくれた祖父母だった。

――こんなに愛してくれてたなんて。じいちゃん、ばあちゃん。ありがとう。

そんな祖父母も、健一が大学を卒業し、建築設計事務所に勤め始めた頃に、まるで役目を果たしたかのように、相次いで病死した。

自分の最愛の子に先立たれた、深い悲しみをその目に漂わせつつ、自分を愛し続けていた祖父母の心を、なぜ大人になっても、思いやることができなかったのか。

暖炉の前で、健一は泣いた。父母や祖父母を思い出し、自分に対するその深い愛情を思うと、涙が止まらなかった。

――俺は、幸せ者だったんだ。そんなこと、思ってもみなかった。

祖父母のことも最近は思い出しもしなかった今の自分にも腹が立ったが、少年時代から、両親がいないことを、時には運命を恨み、時には父母を恨んでいたこと。また、両親とも健在な友人たちを、心のある部分ではいつも妬んで、ひねくれながら育った自分のあさはかさを思い知ったのだ。

――両親のいない子なんて、いくらでもいる。その中で、俺なんかは、祖父母の愛を受けて幸せな方だったんだ。どうして、そんなふうに考えられなかったのだろう。

健一は、涙を止められずにいた。父母への感謝の思い、祖父母への謝罪の思いが、次々とあふれだし、やがて、健一は暖炉の前で泣き疲れて眠ってしまった。

翌朝。健一が目覚めたのは、昼近くになってからだった。暖炉の薪は、すっかり燃えつきていた。頭がボーッとしていた。昨夜のことを思い出すと、また涙がこぼれそうになった。健一は、洗面所に行くと、冷たい水で顔を何度も洗った。そして、目が覚めて来ると、気持ちも落ち着いてきた。

――父さん、母さん。じいちゃん、ばあちゃん。ありがとう。

そう思うと、心が熱くなった。そして、なんともいえない心地よさがした。

――俺は、自分は一人で生き抜いて来たと強がっていた。だが、そうじゃなかった。俺は誰にも増して、愛を受けて育ったんだ。

そう思うと、また心が熱くなり、心の中でずっと凝り固まっていた何かが溶けていくような気がした。何十年もの間、意地を張り続けていた心だった。

健一は、あの大きな窓辺にたち、今日も美しい連山を見つめた。

――美しい。昨日よりもずっと。山がこんなにも美しいとは。俺の心が変わったのか。

しばらく景色を見つめていた健一は、窓から離れ、キッチンに向かった。そして、朝昼兼用で、缶詰のシチューとフランスパンで、食事をすませた。その時、ふと買い込んだ食料が一袋足りないことに気づいた。そして、車の中を見に外へ出た。車のトランクを開けて中を覗き込んでいると、

「おじさん。この別荘の人？」

突然、後ろから話しかけられた。健一が驚いて振り向くと、そこには、いつのまにか小学校五、六年の少年が、子犬を連れて立っていた。

「いや。僕は、この別荘の持ち主の友人で、昨日から借りてるんだよ」

健一は、トランクの中から、一袋の食料を取り出しながら答えた。

「ふーん」

その子は、そう言って、どうしようかと迷ったふうだったが、子犬を抱き上げながら言った。

「中を見せてもらってもいい？」

そして、もう玄関の扉の把手に手を掛けていた。

「ああ、でもちょっとだけだぞ」

健一は、車のトランクを閉め、袋を持って答えた。

「ありがとう。おじさん」

少年は、そう言うが早いか、もう扉を開け、中に駆け込んで行った。

健一が、後を追いかけると、少年は玄関で靴を脱ぐと、玄関ホールを抜け、リビングを駆け抜けて行った。

「おいおい。走っちゃだめだ。ほこりが立つだろ」

健一がそう言って、後からついて入ると、その子は、リビングのまん中で天井を見上げていた。そして、子犬はおとなしく抱かれていた。

「高い天井に、天窓もあるんだね。だから大きくても明るいんだ。すごいや」

そして、こんどは、連窓の前に行くと、外の景色を眺めて言った。

「うわあ。いい景色だな。山の下から見えているのはこの大きな窓だね。昨日の晩、この窓から明りが見えたんだ。そして、今日来てみたんだ」

健一は窓に近寄りながら、話しかけた。

「ということは、君はこの山のふもとに住んでいるのかい」

少年は、窓の下の方を指差しました。

「見えるかなあ。あそこに『ふもと食堂』って、書いてあるでしょう。あれが、僕の家なんだ。そして、ここらは、僕の山の遊び場なんだ。この別荘が建ってから、一度中を見てみたいと思ってたんだ。それが、今日かなったってわけ。でも、想像していたのより、ずっといい。広々として明るくて。僕もこんな家に住んでみたいな」

少年は、目を輝かせていた。

「ほめてもらってうれしいよ。実は、この別荘を設計したのは僕なんだ。友人に頼まれてね」

健一のその言葉に、少年は驚いたようだった。

「じゃあ、おじさんは、建築家なの?僕のおじいちゃんも建築家だったんだよ。大学や病院やビルとか、大きな建物をたくさん建てていたんだ。今は、引退してさっきの食堂をやってるけどね」

健一も驚いた。

「建築家から、食堂に転職か。あまり聞いたことがないな。では、おじいさんは元気なんだね。家族で食堂をやっているのかい」

「ううん。おじいちゃんとおばあちゃんだけだよ。僕の父さんと母さんは、死んじゃったんだ。交通事故だった。もう七年前のことだよ」

その子は、悲しそうな顔を見せることなく言った。

「悲しいことを聞いちゃって、ごめんな。でもおじさんも偶然だが、君と同じくらいの五歳の時に、両親を交通事故で亡くしているんだ」

その子は、驚いた様子だったが、健一の顔を見つめると、話を変えて明るく言った。

「おじさん。この子犬『メロン』って言うんだけど。今から、メロンと滝を見に行こうと思ってるんだけど、一緒に行かない」

「ああ、おじさんも一緒でいいのかい？」

その子は大きく頷いて言った。

「うん。もちろん。滝を見てるとすごく気持ちが良くなって、疲れなんか吹き飛んじゃうよ。途中に見晴らしのいい吊り橋もあるからさ」

健一は、気づいた。

――この子は、俺の顔を見て、疲れ切っているのを察してるんだ。でも、そのことにはふれずに、何気なさそうに誘ってくれてるんだな。優しい子だな。

そう思って、健一は元気そうに言った。

「よし。行こう。滝まで、どのくらいかかるのかな？」

「ゆっくり歩いても三十分ぐらいだよ」

こうして、二人と一匹は、別荘を後に山道を登り始めた。前を行くメロンはしっぽを振って、しきりに道端の草の臭いをかぎながらちょこちょこと進んでいた。

健一は、その様子をかわいいなと思って見ながら、少年に問いかけた。

「君。名前を聞いていなかったな。僕は春野健一。おじさんでいいよ」

「僕は、飯田武です。武って呼んでくれていいよ」

健一はメロンを見ながら言った。

「メロンはかわいいな。雑種かい」

武は得意気に答えた。

「うん。一匹で道端で震えているのを見つけて、僕が連れて帰ったんだ」

それを聞いて、健一は、以前、卓也が同じことをしたのを思い出して、心がチクリと傷んだが、顔には出さないでいた。

それにしても、武が自分の少年時代と同じ境遇なのに、昔の自分にはなかった明るさを感じさせることに、健一は驚いていた。そして、思い切って単刀直入に武に訊いてみた。

「武君。おじさんも両親がいなかったから訊くんだけど、寂しくないかい？」

武は、藪に入ろうとするメロンを引っ張りながら答えた。

「そりゃ寂しい時もあるよ。でも、おじいちゃんとおばあちゃんが、とっても可愛がってくれてるから。世の中には、両親がいなくて孤児院とかで育つ子も、いっぱいいるでしょう。そんな子に比べれば、僕は恵まれていると思うから・・・」

健一は驚いた。昨夜、まさにそのことに気づいたことをこんな少年の口から聞こうとは思ってもみなかったからだ。自分の少年時代とは全く反対の考え方だった。

――この子ぐらいの時の俺が、こんな考え方ができていれば、ひねくれることもなかったかもしれない。

しばらく黙ってから、健一はまた、武にたずねた。

「そんなふうに自分で考えたのかい」

すると、武は明るく答えた。

「ううん。僕がすねてた時に、おじいちゃんに言われたんだ。それで三日間ぐらいかな、よく考えて、そして納得したんだ。そしたら、なんだか気持ちが楽になって、それからは、もうすねたりしなくなった。あっ。吊り橋が見えるよ」

武が前方を指差した。確かに杉の木の間から吊り橋のワイヤーが見えた。武はメロンを抱き上げ、二人は足を早め、坂道を登り切った所で、吊り橋の全貌が見えた。

吊り橋は、最近できたらしく、ワイヤーも手摺りもさび一つ無く、日の光を受けて輝いていた。そして、歩行者専用らしく、幅は人一人が歩ける程度だったが、頑丈に作られていて、風で揺れることもなかった。

はるか下に川が流れていて、近くの低い山から、遠くの高い連山まで見える眺望は抜群だった。

ただ、健一はちょっと尻込みした。実は、高い所は苦手だったのだ。

「ほら、おじさん。見晴らしがいいでしょう。向こうを見てごらんよ。連山が見えるよ」

武はメロンを抱いてさっさと前を行った。健一は、両側の手摺りを握り、そっと一足踏み出した。見た通り、ほとんど揺れは感じなかった。

——大丈夫だ。これなら、なんとか渡れそうだ。

「おじさん。大丈夫?早く早く。ここが一番景色がいいんだ」

武は吊り橋のまん中あたりで呼んでいた。

健一は、下を見ないようにして、手摺りを握りしめ、一歩ずつ進んで行った。ようやく武に追いついて、まん中あたりまで来ると、もう慣れてきた。そして、下は見ずに遠くの景色をぐるっと見渡した。

確かに絶景だった。

——新緑の頃や、紅葉の時期に来ると素晴らしいだろうな。

すると、武が心が伝わったように言った。

「新緑の時や紅葉の時に、またおいでよ。すごくきれいなんだから」

二人は歩きだした。もう慣れた健一は後の半分は武について、普通に歩いて渡れた。

吊り橋を渡り切ると、武が言った。

「ねえ。いい景色だったでしょう。気持ちよくなかった?」

健一は、正直に答えた。

「ごめんな。おじさん、高い所が苦手なんだ。だから、まん中までは、怖くて景色を見るどころじゃなかった。でもまん中からは、いい景色だったよ」

武は驚いて言った。

「高い所が苦手だったの。気がつかなくてごめんなさい」

「どうして、武君が謝るんだ?」

健一は、思わず武の頭を撫でた。

――ほんとに素直で優しい子だ。大人の俺なんかに、すごく気を使ってる。

健一は、自分が武と自然な会話をしていることに気づき、不思議に思った。若い時から、自分は子供が苦手だと思い込んでいた。だから、息子の卓也といても、何を話していいかがわからなくなり、どうしても肩に力が入ってしまって、会話がぎこちなくなり、いつも自責の念にさいなまれていた。

――なんだか、肩の力が抜けて、リラックスしてる。なぜだろう。

健一が、そう考えている間に、道は下り坂になって、武はメロンに引っ張られ、先を歩いていた。

「おじさん。滝が見えてきたよ。早く早く」

普段、運動不足の健一は、もう息が上がっていたが、できるだけ足を早めた。

杉木立の間から、滝が見えてきた。そして、水が落ちる音もゴーゴーと響いていた。健一は、武とメロンを追って急な坂道を下って行った。

すると、突然、視界が開け、滝壺に出た。そして、目の前に滝がその勇壮な姿を現した。見ると、屋根のついた小さな展望台があった。武とメロンはその展望台で待っていた。

「おじさん。ここから見て。きれいだから」

健一は言われた通りに展望台のまん中に立ってみた。

「ああ。ほんとだ、この角度からが、一番きれいだな。高いなあ。何メートルぐらいあるんだろう」

すると、武が横を指差した。

「ここに説明書きがあるよ」

健一は、それをざっと見て言った。

「高さ二十三メートルと書いてあるね。そんなもんかなあ、もっと高いように見えるけどなあ」

メロンは、うれしそうに武と健一の周りを廻っていた。健一は、思わずメロンの頭を撫でて驚いた。自分は、動物嫌いだと思っていたからだ。さっきもメロンの後ろ姿を見て、かわいいと思った自分を不思議に思っていた。

「ワンワン！」

メロンは吠えると、健一の手を舐めた。健一はそれを素直にかわいいと思った。

――俺の中で、何かが変ってきている。

「メロンは、本当にかわいいな。武君は、幸せだな」

「うん。僕はいつもメロンと一緒だからね」

そう言って、武はメロンの頭を撫でた。

滝の正面の勇壮さを満喫すると、二人と一匹は、滝壺に降りてみた。大きな岩がたくさんあった。その中で、表面が平らで畳二畳ほどの広さがある岩に二人は座った。

滝は、日の光を受け、真っ白な水がピカピカと輝きながら、勇壮に滝壺に落下していた。大きなしぶきがあがり、小さな虹ができていた。その美しさに、しばらく二人は黙って滝を見上げていた。かすかな霧状となったしぶきが心地よく頬にかかっていた。

健一は、どんどん疲れが取れ、心が安らいでいくのを感じていた。武とメロンが横にいるのも、とても自然な感じがして、健一は思いつくままに、口を開いた。

「おじさんが、武君ぐらいの頃は、両親がいないことが、大きな劣等感になってたけど、武君はそんなふうに見えないけど、どう思ってる？」

武は、滝を見つめ、メロンの頭を撫でながら答えた。

「劣等感はないよ。父さんも母さんも、僕を置いて、死にたくて死んだんじゃないからって、おじいちゃんが言ったんだ。そして、その言葉を僕なりに、色々と考えたんだけど、結局、それは、僕の運命だと思って受け入れるしかないと納得したんだ」

健一は、大きく頷きながら、また問いかけた。

「おじさんがそうだったんだけど、両親がいない分、余計に人には負けたくないとか思わなかった？」

武は、また滝を見つめながら答えた。

「これもおじいちゃんが言った言葉なんだけど、『いつも自然体でいなさい』って、これはまだ考え中で、よく理解はできていないんだけど、とにかくそうしようと努めてはいるんだ」

そして、武は、健一の方に向き直って言った。

「そして『なんでもいいから、愛しなさい』とも言われたよ。その時は、何を愛していいかわからずにいたんだけど、その後、メロンが捨てられていたのを拾って帰った時に『飼うからには愛しなさい』って言われたんだ。これは、すぐに納得できた。だから、僕はそれからずっとメロンを愛しているんだ」

武は、メロンに頬ずりした。すると、メロンが舐め返した。

「なあ、メロン。愛してるんだよね」

健一は、驚いた。武のおじいさんの言葉が胸を打ったのだ。その言葉のどれもが、自分には欠けていることだったからだ。まるで、自分に言われたように思えた。

じゃれていたメロンが、武の膝の上に乗ってきた。そして、武の頬を舐めた。

「メロン。くすぐったいよ。もう、いいから、いいから・・・」

その様子を目を細めて見た健一だったが、すぐに滝を見つめると、黙って考え込んでしまった。

すると、武が健一の顔を心配そうに見上げ、話しかけた。

「おじさん。どうかした?僕、なにか悪いこと言った?」

健一は、武の顔を見て答えた。

「いや。とんでもない。その反対だよ。いい話を聞いたので、そのことを考えてたんだ。おじいさんは、他にも何か言ってくれるのかな？」

健一は、ちょっと宙を見つめて考えながら言った。

「うーん。そうだね・・・。一番よく言われるのは『祈りなさい』ってことだなあ。父さんや母さんに祈ってもいいし、天に祈ってもいいからって。生きていると、自分の力では、どうしようもない事が起こるからって。その時は、まず、お力をお貸しくださいと、静かに祈って、それから全力を尽くすようにって。僕の場合は、父さんと母さんに祈るようにしているんだ」

健一は、また考え込んだ。また、自分とは、反対の生き方を提示されたように思った。健一は、自分の力で生き抜くんだと、自分に言い聞かせてきた。それには、強くなければ負けてしまうとも言い聞かせてきた。祈るなどということは、それから逃げていることだと思ってきた。しかし、今は、それらの自分の思い込み全てに自信がなくなってきた。

そして、昨夜、暖炉の炎の中に見た、父母や祖父母に、祈りなさいと言われているような気がした。

武は、深刻な顔をした健一に気を使って、長いこと黙っていたが、時計を見て、声を掛けた。

「おじさん。どう？ゆっくりできた？滝の前にはマイナスイオンがたくさんあって、ストレス解消や疲労回復の効果があるって、テレビで言ってたから」

健一は、はっとして答えた。

「ああ。ありがとう、武君。なんだか元気が出てきたよ」

――この子は、もしかして、滝に来るつもりじゃなかったのかな。俺の疲れた顔を見て、滝に連れて来てくれたのかも。

健一は、そう思ったが、言葉には出さず、心の中で礼を言った。

二人は立ち上がり、またメロンを先頭に坂道を登り出した。

「武君。なんだか足が軽くなったような気がするよ」

武は健一の顔を見て、うれしそうに言った。

「おじさん。さっきよりずいぶん顔色がよくなってるよ」

「ありがとう。武君のおかげだ」

そんな話をしているうちに、坂道を一気に登り切ると、吊り橋だった。健一は行きと違って、こんどは絶景を見渡し、下の渓谷で、きれいな水が光を受け、キラキラと輝くのも、しっかり見ながら橋を渡り切った。

――ほんとうにきれいだ。

そして、こんどは下り坂だった。メロンが、しっぽをフリフリ、前を行くのを見ながら、健一は思った。

――俺はどうして動物嫌いだなんて、思っていたのだろう。こんなにかわいいものはないのに・・・。

そうして、二人と一匹は、別荘へ帰り着いた。

「武君。今日は、本当にありがとう。なんだか、すっきりしたよ。どうだいジュースでも飲んでいかないか?」

武は、腕時計を見て、答えた。

「うん。ありがとう。でも暗くならないうちに帰らないと行けないから、ここから三十分ぐらいかかるから」

「それなら、おじさんが車で送って行くよ」

武は首を振った。

「ううん。僕、車での山道は苦手なんだ。カーブで揺られて、すぐに気持ち悪くなっちゃうんだ」

「それじゃあ。もしかしたら、明日、食堂にお邪魔するかもしれないけど、いいかい。少し、おじいさんと会って、話がしたくなったんだ」

健一が言うと、武はうれしげに答えた。

「うん。いいよ。おじいちゃんは、いつもいるから、でも明日は日曜日だから、昼はお客さんが多いかも。お昼過ぎの一時半か二時ぐらいがいいよ。じゃあ、おじさん。またね」

健一は、武の頭を撫でた。そして、しゃがむとメロンの頭も撫でた。メロンは、うれしそうに舌を出していた。

「バイバイ」

そう言い残すと、武はメロンと駆けながら、坂道を下って行き、健一は、その姿が見えなくなるまで見送っていた。

――本当にいい子だな。卓也もあんなふうに育ってくれたらな。

別荘に入ると、健一はソファにもたれて考えた。

――自然体でいること。愛すること。祈ること。俺は、どうだ？なにもできちゃいない。ただ、美恵と卓也は愛している。しかし、意識したことはないな。単に愛しているつもりだったのか・・・。考えがまとまらないうちに、窓の外は、昨日と同じく、夕焼けに染まっていた。

――美しい。やはり昨日よりずっと美しく感じる。夕日が変わったのか、俺の心が変わったのか・・・。日が沈むと、健一はキッチンに行って、卵とソーセージを炒め、サラダを作った。そして、いつのまにか、鼻唄を口ずさんでいた。健一は、それに気づくと、自分でも驚いた。

――歌を口ずさむなんて、何年ぶりだろう。

健一は、缶詰のコーンスープを温め、フランスパンを切り、簡単だが、一人では充分な品数の夕食を作って、ワインを片手に、ゆっくりと食事を楽しんだ。

相変わらず、日が暮れると、気温が一気に下がってきた。健一は昨夜と同じように、暖炉の前に行くと、薪をたっぷりと積んで火を付けた。そして、毛布を被ってその前に座り込んだ。

――今日は、色々と考えさせられたが、まだなにも考えがまとまっていない。取りあえず、それは後にして、今夜も炎の向こうに何かが見えるのかな。

昨夜のように、炎を見つめながら、頭の中が空っぽになるのを、健一は辛抱強く待った。すると、突然、炎が揺らめきだした。

――さあ、始まるぞ。

健一は、半分はわくわくし、半分は不安な気持ちで炎を見続けた。すると、炎の中に景色が浮かび上がり、それが視界いっぱいに広がった。

――なんだこれは、うちの事務所みたいだけど・・・。

昨夜と同じように、天井ぐらいの高さから、部屋を見下ろしていたが、間違いなく、健一の事務所だった。

コンピューターの前に座っているのは、いつもの自分の姿だった。

――俺は、上から見るとこんな感じなのか。

健一は、なんだか奇妙な気持ちになった。

一方、事務所の中の健一は、しばらくすると、立ち上がり、本棚を見回すと、一冊のカタログを手にしてページをめくっていた。そして、あるページを広げると、コピー機の前に行き、コピーを取ると、それを持って、コンピューターの前に座った。その途端、電話が鳴った。健一は、また立ち上がり、電話の受話器を取った。建築中の現場からのようだった。

「もしもし。うん、うん。それなら、図面の四十五ページを開けてくれ。・・・そのページの右下に詳しく描いてあるだろう。おいおい、頼むよ。図面は、よく読んでくれなくちゃあ。じゃあ、もう切るよ。忙しいんだ」

健一は、そう言って受話器を置くと、コンピューターの前に戻って座り直した。すると、ドアがノックされ、トランクを持った男の人が入って来た。

「お仕事中、恐れ入ります。新製品の説明と最新版のカタログを持って来ました」

仕方なく健一は、立ち上がり、カウンター越しにメーカーの人と向き合った。その人は、新しい床材の説明を詳しくし始めた。健一は見本の床材を手に取って、感触を確かめながら、説明を聞いていたが、腕時計を見ると言った。

「手短に頼むよ。もうすぐ打ち合わせの時間なんだ」

そして、それから五分ほど話を聞くと、背広の上着と鞄を取りに行った。

「後で目を通しておくから、カウンターに置いといてくれ。もう出ないと間に合わん」

男の人が、頭を下げて出て行った後を追うように、健一は廊下に出ると、ドアに鍵を掛け、足早にエレベーターへ向かった。

――今から、依頼主と打ち合わせだな。

炎の前の健一は、呟いた。いつも自分がしていることなのに、今日は見ていても、なにか、しっくりこない感じがした。

――忙しすぎて、いらいらしているのが、伝わってくる。もっと、リラックスしないと、いい仕事はできないな。

すると、景色が変わった。同じく自分の事務所だったが、夜になっていた。先程と違って、電話や来客はないが、コンピューターの前に座りっきりで、図面を描いていた。

しばらくして、ちらちらと時計に目をやり、何かを気にしているようだったが、席を立つ気配はなかった。

「あーあ。やっぱり無理か」

と呟くと、とうとうあきらめたように、電話を掛けた。自宅のようだ。

「もしもし、美恵か。今夜もちょっと帰れそうにない。今日、依頼主から計画の大幅な見直しを言われたんだ。悪いな。じゃあ」

そして電話を切って、コンピューターに向かった。

――そっけない電話だな。もっと、相手を思いやった言いようが、ありそうなもんだが。

暖炉の前の健一は、そんな自分を見て、不愉快になった。

――あれじゃあ。美恵は怒ってるだろうな。

すると、また景色が変わった。こんどは、自宅のダイニングだった。ダイニングテーブルに、美恵と卓也が向かい合って座っていた。

テーブルには、夕食の御馳走が並び、ラップが掛けられていた。

美恵はしきりに時計を気にしていた。

「今日は、依頼主に仕上げた図面を届けるので、久しぶりに早く帰れるぞ」

と、健一は、朝出る時に言っていたのだ。

「ママ。僕、お腹減ったよ」

卓也は小さく呟いた。

「卓也、ごめんね。もう少し、もう少しだけ我慢してね。パパ、きっと帰って来るから」

その時、電話が鳴った。美恵は受話器に走っていった。

「もしもし。ああ、あなた。ええ、ええ。仕方ないわね。でも、いい加減、体を壊さないでね」

がっかりしたように、ため息をついた美恵は、わざと明るく振る舞った。

「パパ。今日も帰れないって。ごめんね、卓也。御馳走を二人で思いっきり食べようね。ママが腕を振るったんだから、おいしいわよ」

と言って、ご飯をよそおい、卓也は泣きそうな顔をしていた。

――こんなふうに、二人で、待っててくれたのか。知らなかった。

健一は、少なからずショックを受けた。待っている美恵と卓也の気持を考えたこともなかったからだ。

景色は、また変っていた。自宅で寝ている自分のようだった。日曜日のようだったが、窓から差し込む日もずいぶん高くなっていた。

卓也がグローブとボールを持って部屋に駆け込んで来た。

「なんだ。まだ寝てるの?」

卓也は、健一の顔を覗きこむと言った。

「ねえ、パパ。もう昼前だよ。起きて、キャッチボールをしようよ。ねえってば」

しかし、健一は目を覚まさなかった。仕方なく、卓也は、健一の体を揺らしながら言った。

「起きてってば。約束だったでしょ」

健一は、目は覚ましたようだが、起き出そうとはしなかった。

「パパは、疲れてるんだ。もう少し、眠らせてくれ」

卓也は納得しなかった。

「先週もそう言ったでしょう。来週はきっと起きるからって約束したでしょう」

卓也は体を揺すり続けた。

「うるさい！卓也。一人で遊んでろ！」

健一が怒鳴りつけると、卓也は立ち上がった。

「パパのうそつき！パパなんか、大嫌いだ」

そう言ってドアをバタンと閉めて、階段を降りて行った。

卓也は庭で、ブロック塀にボールを当てて、一人のキャッチボールを始めた。その顔は涙に濡れ、それをシャツの袖で拭きながら。

――かわいそうに。卓也、すまない。俺が悪かった。

そう思った健一だったが、このことを全く覚えていなかった。そのことが、二重にショックだった。

卓也の泣き顔に胸が痛んだ。

景色はまた変わった。健一は美恵と家にいたが、卓也がまだ帰っていなかった。外は雨だった。ドアホンが鳴り、玄関のドアを開けると、ずぶ濡れの卓也が立っていた。見ると、卓也は、濡れて震えている子犬を抱いていた。

「この子、一匹で震えていたんだ。パパ、ママ。この子飼ってもいい？」

卓也の目が訴え掛けるように健一を見上げた。しかし、健一は言った。

「だめだ。犬を飼うのは大変だぞ。一日二回も散歩に連れて行かなきゃならんし、それに食事の世話も、そして、もし病気したら、看病だってしなくちゃいけない。卓也、おまえにはまだ無理だ。もっと大きくなってからにしなさい」

するど、美恵はバスタオルを取ってきて、卓也と子犬を拭きながら、健一に向かって言った。

「あなた、そんな頭ごなしに難しいことを言わないで。私はこんな、かわいそうな子犬を見て、怒られるかもしれないのに家まで抱いて帰って来た、卓也の優しい心の方がとってもうれしいの。ねえ、飼ってあげましょうよ」

健一は答えた。

「おまえは、そうやって、卓也を甘やかしてばかりいる。小さい子供の時こそ、分別を教えないといけないんだ！」

美恵は、黙って、卓也と子犬を拭いていた。

「あなたって人は、どうして・・・」

美恵は、ため息をついて言葉を切った。

――この時は、結局、俺がだめだと意地を張り、あきらめた美恵が、あちこち走り回って、やっとのことで貰ってくれる人を捜してきたんだったな。俺は、電話一本かけなかった・・・。

健一は、昼間の武とメロンのことを思い出した。微笑ましいほど、仲むつまじい様子を。

そして、武のおじいさんが言った「飼うからには愛しなさい」という言葉を噛みしめていた。

――俺とは、大違いだ。ああ、どうして、あの時、卓也に飼うのを許してやらなかったんだろう。美恵もあんなに訴えていた・・・。

　健一は、頭を抱えた。自分の了見の狭さに大声をあげたくなった。

――もうわかった。もう充分だ。全ては俺が至らなかったんだ。俺はもうだめだ。全部やり直さないと。

同じ建築家といっても、武君のおじいさんとは、天と地の差だ。器が違う。

　健一は、自己嫌悪の固まりになった。もう、全て手遅れのように思えた。そして、美恵の夫、卓也の父の資格がないと思った。

――どの面下げて、美恵と卓也に会えるのだろう。もう無理だ。

　強い自責の念にさいなまれ続けた健一は、いつのまにか手を合わせ、気がつくと、父母や祖父母に祈っていた。

――父さん、母さん。じいちゃん、ばあちゃん。俺はとんでもない大馬鹿者でした。美恵や卓也が実家に帰ったのも無理ありません。全ては自分の不徳の致りです。心の底から反省し、心改めます。ですから、どうか、もう一度やり直させてください。

　健一は、何度も何度も祈り続けた。もう、自分には、それしかないと思った。すると、不思議なことに、胸を強く締めつけていた自責の念が取れていった。そして、ふと頭の中に、言葉が浮かんだ。

「まず、自分を許しなさい」

　という言葉だった。こんなことは、初めてのことだった。しかし、同時に胸が温かくなった。

――そうだ。俺のもう一つの欠点は、完璧主義だ。そして、自分にも人にも、知らず知らずのうちに完璧を要求してきた。まず、これを直さないと。

そう気づくと、さっきまで、どうしようもないと思っていた自分の欠点も一つずつ直していけるような気がしだした。

健一は、暖炉に薪をくべ、深呼吸を何度も繰り返し、心を落ち着けた。そして、マットに横になり、毛布を被って、大の字になった。それから「まず自分を許すこと」と何度も繰り返し唱え続けた。

そして、頭の中では、昼間見た滝の美しさを思い描いた。すると、心も体もリラックスしてきた。

――そうだ。まだ美恵と離婚したわけじゃないんだ。俺が心から反省し、本当のいい夫になり、そして、卓也の本当のいい父親になるように努力し続ければ、全ては解決するんだ。

と思えてきた。これは、今の健一にとって、大きな救いだった。

――まだ、終ったわけじゃない。

健一は、反省と自己改善を心に強く誓った。子供の頃から、いったん決心すると、意志が強く、粘り強かった。悪くすると、頑固で融通の効かない性格。

――この性格をいい方に使えば、きっと改善できるはずだ。

健一は、安心を得た。そして、いつのまにか、深い眠りについていた。

次の朝になった。昼前になって、健一は起き出した。しばらく、窓辺に立って、連山を見つめていた。昨夜、考えたことが、頭に浮かぶが、整理はできていなかった。ふと、思いついた。

――確か、この別荘は、温泉付きだったな。

健一は、風呂場に行った。床と腰までは、黒い天然石を使い。壁と天井には、檜が貼られた広い風呂場だった。浴槽は檜の特注品で一人では大きすぎる贅沢なものだった。天窓から入る日差しで明るいのも特徴だ。

――この風呂場の設計には、ずいぶん時間を掛けたな。俺も風呂は好きだが、雅史は俺以上に風呂が好きだったからな。

浴槽に沿って、横長の窓があった。風呂に浸かりながら、連山の景色が楽しめる工夫だった。蛇口をひねると、勢いよくお湯が出た。硫黄独特の強い臭いがする。確かに硫黄泉だ。

お湯が入る間に、髭を剃ろうと、洗面所の大きな鏡の前に立った健一は、自分の顔をよく見てみた。

――うん。顔色も良くなってる。目の下のくまもすっかり取れている。体は正直なものだな。もう休んだ効果がはっきりと現れている。

髭を剃っている間に、温泉が満たされていた。健一は、温泉に浸かった。少し熱めだが、好みの温度だった。全身の毛穴から温泉がしみ入り、なんともいえず心地良かった。

――ああ、なんて贅沢なんだ。雅史のやつは、幸せ者だな。

健一は、顔を洗い、両手と両足を思いっきり伸ばした。体が喜んでいるのが、自分でもわかった。

そして、曇ったガラスを手で拭いて、窓の外の景色を眺めた。ここから見る連山も絶景だった。ぼんやりと、景色を楽しみながら考えた。

――美恵や卓也も温泉に入らせてやりたいな。

ここ二、三年は、家族で旅行に行った事もなかった。健一は、もともと温泉好きだったが、卓也と温泉に入ったことなど、遠い記憶だった。ただ、卓也が、よほどうれしかったのか、はしゃいでいたことは、はっきりと覚えていた。

――美恵と卓也には、かわいそうなことをしてきたな。

そう思うと、昨夜のようにまた自責の念が沸いてきた。健一は、慌ててそれを抑え込んだ。

――いかんいかん「まず、自分を許すこと」だったな。

そして、考えをそらし、湯船に首まで浸かって、天井を見上げた。そして今日のことを考えた。

――そうだ。今日は、食堂にいってみようと思っていたんだ。武君のおじいさんに会って、話を聞きたいんだ。

健一は、湯船から上がると、頭や体を洗い、そして、最後にもう一度温泉に浸かって温まって、風呂から出た。バスローブを着ると、体の芯から温まっていた。

――これが、温泉のいいところだな。湯冷めもしないで気持ちがいい。

時計を見ると、もう一時をとっくに過ぎていた。健一は頭を乾かし、ソファに座ってしばらく、湯上がりの脱力感を楽しむと、立ち上がった。

――食堂も、お昼のお客さんも終った頃だな。行ってみよう。

健一は、洋服を着て、玄関を出ると、車に乗り込んだ。そして、カーブの多い山道を下ると、食堂が見えてきた。他の車が止まっていない駐車場に車を止めると外へ出た。そして、後ろを振り返り別荘を見上げた。

――なるほど、武君の言ってた通り、ここからだと、別荘がよく見えるなあ。

すると、声がした。

「おじさーん。やっぱり来てくれたんだね」

振り返ると武とメロンが走ってきた。

「武君。昨日はありがとう。滝も気持ちよかったし、吊り橋もよかったよ」

健一は、そう言って、武の頭を撫で、メロンの頭を撫でた。メロンは「ワン！」とひと声吠えて、しっぽを振った。

「おじさん、今日は、おじいちゃんに会いに来たの？」

メロンを抱き上げながら武がたずねた。

「ああ、おじいさんに、何かいい話を聞かせて貰おうと思ってね」

そして、ふと思って、健一は、なにげなく武にたずねた。

「武君。学校は？」

すると武は笑って答えた。

「何言ってるのおじさん。今日は日曜日だよ。昨日は土曜日で学校は休みだよ」

――ああ、そうか。あんまり、いろんなことが起こったので、曜日の感覚がおかしくなっていたな。

「おじさん、ぼけてるな。ごめん、ごめん」

健一が呟くと、武は健一の手を引いた。

「そんなことより、おじさん、こっちこっちだよ」

そして、武は食堂の引違い戸をガラガラと音を立てて開くと、大きな声で呼びかけた。

「おじいちゃん、いる?」

すると、カウンターの向こうの厨房から声がした。

「武か。わしは、ここにおるぞ」

武は、カウンターに走り寄ると中に向かって言った。

「昨日言ってた、別荘の建築家のおじさんが来たよ」

その間に、健一は食堂の中を見渡した。

食堂はテーブル席が五脚ほど。そして、座敷席が五つほどで、後はカウンター席。あまりお金を掛けていない、さっぱりとした造りだったが、あちらこちらに、センスのいい絵を飾り、美しい花も数ヶ所に飾られていたので、清潔感が漂い、健一は好感を覚えた。

「いらっしゃいませ」

厨房から顔を出したのは、人の良さそうな、七十歳過ぎぐらいの白髪の老人だったが、顔色がよく元気そうだった。

健一は、頭を下げて、名刺を取り出しながら言った。

「はじめまして。私は、春野健一といいます。建築設計事務所をやっています」

おじいさんは、名刺を受け取り、にこにこと笑って答えた。

「なにか、昨日は、武がお世話になったそうで、ありがとうございました」

健一は恐縮して答えた。

「いいえ。とんでもない。武君に、吊り橋や美しい滝を案内して貰って、お世話になったのは私の方です」

その後、少し沈黙があった。健一は、技術者によくある、人見知りする性格があり、初対面だと、言葉がすらすらと出て来なかった。

「僕はメロンと遊んで来るね。じゃあ、おじさん、また後でね」

そう言って、武は外に出て行った。

おじいさんが口を開いた。

「何かお召し上がりになりますか?もしお時間があるなら、そば打ち体験などもできますが、いかがでしょう。簡単で楽しいですよ」

いざ、会ってみると、訊きたいことが多すぎて、頭の整理ができていない健一は、その勧めにとっさに飛びついた。

「では、そのそば打ち体験とやらをお願いします」

「では、こちらにどうぞ」

厨房内に案内され、手をしっかりと洗うと、大きなそば打ち用のまな板の横に導かれた。そして、これも大きな漆塗りの鉢が取り出され、そこにそば粉が入れられた。

おじいさんが、説明を始めた。

「このそば粉に、塩水を入れます。この加減は難しいので私がします。後のそば粉をこねるのをやってもらいます」

そば粉に塩水が注がれ、おじいさんが健一をうながした。

「さあ、まずは両手を開いて、塩水がそば粉全体に均等にゆきわたるように、よく混ぜてください。そう、そのように」

健一は、言われた通りにした。

「もう結構です。こんどはそば粉を集めて塊にします・・・。そうです。いいですよ。そして、その塊を力を入れて練ってください」

健一の額に汗が浮かんだ。

「そう。もっと腰を使って、体全体でよくこねてください」

結構、力のいる作業だが、いい加減にそば粉が練れた。

「ふう。結構、骨が折れますね。これでいいですか」

健一が言うと、おじいさんは、笑って答えた。

「疲れた分、味が良くなりますよ。じゃあ、これをまな板に置いてください。初めは、私が手本を見せます。その後でやってくださいね」

　おじいさんは、まな板に打粉をすると、そば打ち用の長い棒を手に取り、そばを伸ばし始めた。そばが、ある程度伸ばされると、健一と替わった。

「角ができ、四角くなるように意識しながら、均等に伸ばしてください・・・はい、では、棒にそばを巻き付け、さらに伸ばしてください。うまいですね。前にやったことあるんですか？」

　健一は、息を弾ませ答えた。

「いえ、今日が初めてです。こんなものでいいですか？」

「はい結構ですよ。打粉をして、これを折り畳みます・・・。そして、後はこの板とそば包丁で切っていきます。初めは、私が切りますから、よく見ててください・・・。さあ、替わりましょう」

　健一の番だが、これは難しかった。

「肩の力を抜いて、なるべく細く、均等に力を入れてください・・・。いいですよ。後は、私がやりましょう」

　これで、そば打ちの体験は終った。健一は、ハンカチで額の汗を拭うと厨房から出て、カウンター席に座った。息が弾んでいた。

「どうですか？食べれそうですか？」

　健一は、おじいさんの後ろ姿に声を掛けた。

「いやいやどうして、結構なそばですよ」

　おじいさんはそばを切りながら答えた。

「ざるそばで、いいですか？」

「はい。結構です」

健一が答えると、おじいさんは、そばを茹で始めた。

「座敷に上がって、ゆっくりとしていてください。じきにできあがりますから」

健一は、そう言われて、座敷席に上がった。

「さあ。できましたよ。見た目は結構、お味の方はどうですかな」

といいながら、おじいさんは、ざるそばを持って来て、健一に渡し、自分は隣のテーブル席に座った。

「うわあ。うまそうだな。いただきます」

健一は、そばを一口食べて驚いた。今まで食べた、どんなそばよりおいしかった。

「おいしいです。自分が打ったとは思えませんね」

おじいさんは、にこにこしながら、頷いていた。

健一は、あっと言う間にそばを平らげた。

「ふう。うまかった」

「それはよかった」

おじいさんは、大きな声で笑い、健一も大笑いした。健一は、初めの人見知りする緊張感が取れ、もうすっかり打ち解けていた。

「今日は、昨日、武君にいろいろな話を聞いて、その中でおじいさんのお言葉に、なるほどと納得する事が多かったので、一度お話ししたくなって来ました」

健一が、そう言うと、おじいさんは頭を掻いた。

「いやあ。武が何を言いましたかな。お恥ずかしいことです」

健一は、取りあえず、仕事のことから話しだした。

「おじいさんは、私と同じく、設計事務所をやってらしたんですね。大きな建物を設計されてたとか・・・」

おじいさんは、答えた。

「もう昔の話です。武の両親が死んだのをきっかけに事務所は閉じました」

健一は続けた。

「私事で恐縮ですが、うちでは、まだ人を雇う余裕がなく、一人で全てをこなさなければいけません。残業は毎日、泊り込みも週に半分ぐらいで、休みも滅多に取れません。私はそれで仕方がないのですが、家庭をかえりみないので・・・」

健一は、ここで言葉を切ったが、思い切って話した。

「お恥ずかしい話ですが。妻が息子を連れて、実家に帰ってしまったのです」

おじいさんは席を立ち、お茶と急須を持って来て、話し出した。

「私も、あなたぐらいの歳の時は、事務所を構えてまもなくで、同じようなものでしたよ。あの仕事は雑用が多くて、残業はどうしても必要ですから」

健一はたずねた。

「家族の方たちは、どうでした。是非、お聞かせください」

おじいさんは、お茶をすすってから、答えた。

「私も滅多に家に帰らないもんで、ずいぶんと妻に叱られましたなあ。そして、考えた末、思い切って仕事を減らしましたよ。収入は減りましたが、家族と過ごす時間ができたので、今では、いい決断だったと思っていますよ」

健一は、腕を組んで宙を見つめてから、口を開いた。

「仕事を減らす・・・。正直言って、怖いんです。一度断わると、もう二度と仕事をくれなくなるかもと思ってしまうんです」

おじいさんは、頷いていたが、答えた。

「参考になるかわかりませんが、じじいの言うことだと思って聞いてください。私もその時は、同じことを考えました。しかし、ふと自分を客観的に見てみたんですよ。妻から見た自分。子供から見た自分はどうなのかって。初めはなかなか難しかったですよ。素直になれなくて。すぐに言い訳を考えてしまうんですよ。仕事だから仕方がないって。なんでも、仕事のせいにしてしまうんです。それでも、根気よく考え続けて、そして、なにが一番大切かがわかりまして。結局、ありふれたことですが、家族が最も大切だと改めて思い知ったんですよ。理屈じゃなく、自分の本音としてです。すると、妻の言い分や子供の気持ちも、すんなりと受け入れられたんですよ」

健一は、真剣に聞いていた。

「それと、それまでは、自分は一人で全てをしているという自負がありました。ただの傲慢なんですが。

そうじゃなく、家族の支えがなければ、自分一人では、到底やっていけなかったことに気がついたのが大きかったようです。すると、肩の荷が下りたように気持ちが楽になり、素直に自分の非を認められるようになりましたな」

健一は、いちいち、頷いていたが、話し始めた。

「実は、私も武君と同じ歳の頃に、両親を亡くしましたし、祖父母に育てられたのも同じです。ところが、武君は、私がその年頃に考えていたことや、今も考えていることと全く違った、正反対とも言える考えを持っていて、しかもおおらかで、非常に驚きました。そして、その考えのヒントのほとんどが、おじいさんの言葉だった。例えば『自然体でいなさい』とかです。恥ずかしながら、私はこの年になっても、言葉ではわかっても、心が理解できてないように思います。何か助言をお願いできますか」

おじいさんは笑って言った。

「私の言葉など、修行を積まれた偉いお坊さんのような、立派なものでじゃありませんから気楽に聞き流してください」

そう前置きして続けた。

「武がどう言ったか知りませんが、だいたいわしの言うことは、いったん納得したことは、頭で考えず、いつもそう心掛けていれば、いつか本当にそんな人間になっているってことですかな。とにかく気楽に焦らず、自分にあまり厳しくならずに、必ずそうなると信じて続けることです。私が、そうしてきたんですが」

健一の顔が、一瞬明るくなった。

今の健一には、この話は心強いものだった。とにかく完璧主義で、せっかちな、自分の性格を見抜いて、助言してくれているような気さえした。

「ありがとうございました。お話を聞きに来て、本当によかった。とても参考になりました。厚かましいのですが・・・もう一つだけ聞かせて下さい。これは仕事のことですが、武君のご両親が亡くなられたのを期に、事務所を閉じられ、建築に未練はありませんでしたか」

おじいさんは、即座に答えた。

「いや、ありませんでした。私も家内も、武を心から愛しておりましたから。両親を失ったあの子に少しでも一緒にいてやりたい一心でした。自分の気持ちなど、考える余裕もありませんでしたよ。家内と二人で、考え抜いて食堂にしようと思うまでは、時間がかかりましたがな。それと、社員を独立させるには、最後までつきあって、苦労をしました」

健一は、大いに納得した。

「ありがとうございました。お時間を取らせました。貴重なご意見を頂き、ありがとうございました」

おじいさんは、おおらかに笑った。

「あっはっはっは。そんなたいそうな。ろくな話もできず、返って恐縮です。こんな、年寄りの話でよかったら、また、いつでもどうぞ」

おじいさんは、そう言って、健一に店の名刺を手渡した。

「是非、またお伺いします」

おじいさんに見送られ、健一が外に出ると、遠くで遊んでいた武とメロンが走って来た。

「おじさん、もう帰るの。おじいちゃんと話できた？」

「ああ、大切なことをたくさん聞かせてもらったよ」

「おじさん、また会えるよね。別荘には、まだ居るんでしょう？」

「ああ、明日、帰るつもりだけど、また来るから。武君もメロンも元気でな」

健一は、しゃがんで、武とメロンの頭を撫でると、にっこりと笑って、車に乗り込んだ。そして、武とメロンに見送られて、別荘に向かった。

そして、運転をしながら、考えた。

――そうか。焦って、一足飛びに変わろうとせずに、自分が目指す人間を辛抱強く演じ続けるうちに、気がついたら、目指す人間になっているってことか。これは、思いもつかなかった。これなら、俺にもできる気がしてきたぞ。

別荘についた健一は、服も着替えず、さっき、おじいさんから聞いた話の要点を日記帳の見開きの初めに書き留めた。こうすれば、毎日見て、自分を見失うことを防げると考えたからだ。

服を着替え、コーヒーを淹れると、ソファに座り、窓から連山を見ながら、健一は、おじいさんとの会話をはんすうしていた。

その夜、健一は、また一人で簡単な夕食をすませ、ワインとグラスを持って、暖炉の前に座った。そして、暖炉に薪をたっぷりと入れて火をつけると、一心になって、炎を見続けた。

――今日は、最後の夜だ。一昨日の夜は、過去の自分だった。そして、昨夜は現在の自分を違う視点から見た。ということは、今夜は、未来の自分が見えるかもしれない。なんだか、怖いような、わくわくするような気分だな。

炎を見ながら、ワインの力も借りると、一時間程して、頭が空っぽになってきた。するっと、炎が揺らめきだした。

――さあ、来い。俺の未来は、どうなるんだ。

しかし、健一の予想に反して、炎の向こうに見えたのは、真っ白の映像だった。それが視界全体に広がっても、やはり、真っ白で、なにも映し出されていなかった。

――昨夜までとは違う。なぜ、真っ白なんだろう。

健一は、根気よく白い映像の中に何かが見えないかと、それを見続けた。しかし、目の前は、いつまで待っても真っ白なままだった。健一は、いらだちを覚えた。

――そんなはずはない。何かが見えてくるはずだ。

健一は、尚も、白い世界を見続けた。すると、違う考えが浮かんだ。

――ひょっとすると、未来は決まっていないってことかな。そうか、そうに違いない。

健一は、半分拍子抜けした感じがし、また半分ではホッとした。

――未来は、自分の手で作り出すものなのか。だとしたら、もし、俺が謝ったら、美恵は許してくれるだろうか。

健一は、不安になった。そして、思わず、手を合わせていた。

――父さん、母さん。じいちゃん、ばあちゃん。俺は、本心から反省するつもりです。性格とかは、すぐには改まらないだろうから、何年もかかるかもしれない。でも、焦らず、あきらめずに反省し続け、美恵のいい夫に、そして、卓也のいい父親にきっとなります。どうかご加護をお願いします。

健一は、懸命に祈り続けた。すると、胸のあたりが温かくなり、不安も落ち着いて来た。その後、目を開けると、再び暖炉の炎を見つめた。炎が揺らめいたが、また真っ白な映像だった。

それでもあきらめずに、健一はその真っ白な視界を見つめ続けた。すると、突然、猛烈な睡魔に襲われ、あらがうこともできずに眠ってしまった。

夢を見た。自分の事務所で、コンピューターに向かって、図面を描いていると、ドアが開いて、二十二、三歳の若い男性が、入って来た。夢の中では、原田という名前だった。

「所長、役所に申請書を出して来ましたが、ちょっと訂正を指摘されたので、直しておきました」

そう言って、原田は図面を広げ、健一に訂正箇所を示した。

「ああ、そこか、確かにミスってるな。わかった。図面を訂正しておいてくれ」

「はい。忘れないうちに、今直しときます」

そう言うと原田はコンピューターに向かった。

健一は、また、図面を描くのに集中した。

すると、ドアが開いて、男の人が入ってきた。

「こんにちは。タイルの新製品ができましたので、説明に来ました」

すると、健一が言った。

「ちょっと、今、手が放せない。原田君、応対をしてくれないか」

「はい」

原田は、気軽にそう答えて、メーカーの人をカウンターの横の応接コーナーに連れて行って、説明を聞いた。

健一は、図面を描きながら、原田と話すメーカーの人の説明も聞いて、要点を理解した。

夕方になった。健一は、壁の時計を見て言った。

「ああ、もう五時になった。今日は、ずいぶんと、図面が進んだな。原田君、もう上がろうか」

原田は、もう一台のコンピューターに向かって、図面を描きながら答えた。

「所長、お先に帰ってください。僕は、ちょっと、きりのいい所まで描いてから帰りますから」

健一は、上着を着ながら言った。

「じゃあ。お先に帰るよ。戸締りを忘れないでな」

そう言って、健一は事務所を後にした。

　すると、夢の場面が変わった。近くの緑地公園だった。日曜日なのか、あちらこちらに家族連れがいた。健一は、美恵との間の卓也の手を引いていた。卓也は、両親から手を引かれ、うれしそうに、はしゃいでいた。

「お弁当、どこで食べようかしら」

　美恵の声もうれしそうに弾んでいた。

　健一は、周囲を見渡して言った。

「あの木の下にしようか。日差しよけになるし、池も見える」

　健一たちは、木の下にビニールのシートを敷き、座った。美恵が、籠の中から弁当や紙コップを出した。卓也は目を輝かせていた。

「さあ、食べましょうか」

「いただきます」

　卓也が、まずおにぎりを掴んで食べだした。

「あんまり、慌てて食べると、喉が詰まるわよ」

　美恵は、そう言って、卓也にお茶を注いで渡した。

　健一は、から揚げをつまみに、自動販売機で買ったビールを飲んだ。

　そうして、弁当を食べ終わると、卓也は池に向かい、泳いでいる数匹のアヒルを追いかけた。

「卓也。うれしそうね。やっぱり、日曜日は家族一緒でなきゃだめよ」

美恵の言葉に健一は頷いた。

「卓也。アヒルは、好きに泳がせときなさい。さあ、パパとキャッチボールをしよう」

卓也は、池から離れると駆けてきた。

「キャッチボールだね。パパ」

そうして、親子のキャッチボールが始まった。美恵は、木陰に座って、その様子を満足そうに見つめた。卓也は、まだボールをうまく捕れず、こぼしては、ボールを追っかけ、走った。

健一は、太陽を見上げた。

「本当にいい天気だ。気持ちがいいな」


ここで、暖炉の前の健一は目覚めた。

――なんだ夢か、不思議だな。俺は、ほとんど夢を見たことがないのに。でも、いい夢だったな。事務所も人が入って、休みも取れ、美恵も卓也もうれしそうだった。正夢になればいいのにな。

暖炉の炎は、もう白い映像も消えて、普通の炎になっていた。

健一は、その炎を見ながら、この三日間に起こった出来事を思い返していた。何度も何度も思い返し、決して忘れないように自分に言い聞かせた。そして、深夜になって、健一は眠ってしまった。

次の朝になった。健一はいつもより早く目覚めた。体が元気になった証拠だった。

月曜日。予定では、今日帰るつもりだった。健一は、風呂に温泉を入れながら、朝食のパンとコーヒーを飲んだ。そして、ゆったりと温泉に浸かると、体は温まり、頭もはっきりとしてきた。

――もう帰る日か。あんまり矢継ぎ早に色々あって、あっと言う間だったな。まだ、頭の整理もできていないし、もう二、三日いたいぐらいだが、そうもいかないか。

健一は、仕事の段取りを考えてみた。特に急ぐものはないが、やはり、気になった。

――まあ、今日いっぱいは、休んでもいいから・・・。そうだ。あの滝をもう一度見てこよう。

健一は、風呂から出ると、時計を見た。

――滝までは、往復一時間、半時間滝を見たとしても、昼前には帰って来れるな。

健一は、服を着替え、別荘から出て、山道を登りだした。

――帰ったら、できるだけ早く、美恵の実家に行かないと。でも、美恵に会って、なんて言おう。そして、卓也には、どんな顔をしよう。

また、不安がよぎってきた。

――いかんいかん。すぐに、悪いふうにものを考えてしまう。今は、リラックスして山の景色を楽しまないと。

健一は、なるべく何も考えないようにして、木々を見上げながら歩いた。すると、この前には気づかなかった、小鳥が見つかり、そのさえずりも聞こえてきた。

吊り橋に着くと、もう、その高さも気にならなかった。美しい渓谷と山々を見ながら、ゆっくりと橋を渡ることができた。

そして、山道は下りとなり、しばらく行くと、ゴーゴーと滝の音が響いてきた。そして、木々の間から滝が見え出し、健一は展望台に着いた。

――何度見ても、力強く、美しい滝だな。こんな滝を見ていると、いままでの自分が、いかに小さなことに、こだわっていたか、思い知らされるな。

健一は、滝に向かって、手を合わせた。そして、自然と「ありがとうございます」と心の中で呟いた。

そして、そんなことを意識もせずにできた自分に驚いた。

――俺はもう変わり始めているのかもしれない。

心の中に安らぎが広がるのが、自分でもわかった。そして、少しだけ自信も出てきた感じだった。

健一は、滝に向かって一礼すると、滝を後にした。そして、もと来た道を辿り、別荘へ帰り着いた。


ふと見ると、駐車場に車が二台止まっていた。

――雅史のだな。遠いのに来てくれたのか。

健一は、別荘の扉を開けた。案の定、雅史が玄関に飛び出して来た。

「健一、帰って来たな。散歩か。どうだ、疲れは取れたか？」

健一は思った。

――相変わらず。人のいい奴だな。

そして、答えた。

「ああ。すっかりとな。体の疲れだけじゃなく、心の凝りもほぐれてきたようだ。雅史、ありがとうな。礼を言う。おまえのおかげだ」

雅史は、玄関の明りをつけた。そして、健一の顔をまじまじと見つめた。

「本当だ。いい顔色をしている。目の下のくまもすっかり取れている。頬なんか少し赤いぐらいだ。よかったな、健一」

そして、雅史は続けた。

「健一。おまえに会わせたい人がいる。早く上がれ」

「俺に会わせたい人だって？誰なんだ」

健一は、その言葉を意外に思いながら、玄関を上がった。そして、リビングを見渡すと、窓辺に立って、女性と子供が景色を見つめていた。

――美恵と卓也？

「雅史。これは、どういうことだ」

健一は振り返って、雅史に訊いた。

「決まってるじゃないか。もう一度、俺の前で話し合ってほしくて、連れてきたんだよ。美恵さんを説得するには、苦労したけどな」

健一はリビングに入ると、二人に近づきながら、声をかけた。

「美恵、卓也・・・」

声が震えているのが、自分でもわかった。手足も小刻みに震えていた。二人は、呼ばれて振り返った。

美恵も卓也も無言のまま、健一を見つめていた。健一は、心の中で呟いた。

「・・・・・」

――しっかりしろ。素直になるんだ、素直に。

健一は、二人の前まで来た。美恵も卓也も震えているように見えた。健一は、喉がからからに渇いたように感じたが、やっとの思いで口を開いた。

「美恵、卓也。全て俺が悪かった。すまない、許してくれ。この通りだ」

健一は、二人に向かって、深々と頭を下げた。美恵は、頑固だった健一の思わぬ謝罪に驚き、戸惑った。卓也は、美恵の顔を見上げていた。

「あなた・・・」

健一は、頭を上げると、まだ時折、声を震わせながら言った。

「この四日間。俺は、簡単には説明できない不思議な体験をした。そして、今までの自分が、いかに身勝手で、至らない、そして了見の狭い人間だったか思い知ったんだ。そして、決心したんだ。美恵、おまえのいい夫になり、そして、卓也のいい父親になろうと。もちろん、おまえたちがよく知っているように、頑固で融通の効かない俺のことだから、すぐにはできないだろうが、たとえ、何年かかっても、きっと変って見せる。それには、取りあえず、仕事を減らす。そして、若い人を雇う努力もする。いまさら、信じてくれとは言えないが、頼む、許してくれ。そして、もう一度やり直させてくれ」

美恵は、まだ戸惑っていた。そして、ちらりと雅史の顔に目をやり、半ば呟くように言った。

「まさか、あなたの口からそんな言葉が出るなんて・・・」

健一は、懸命に続けた。

「帰って来てほしくて、一時逃れに軽々しく言ってるんじゃない。これは、今の俺の本心なんだ」

そして、健一はしゃがんで、卓也に向かって言った。

「前に、おまえが、子犬を拾って来た時に怒って、ごめん。パパが間違ってた。卓也の優しさを誉めてあげるべきだったと反省した。今度、捨てられた子犬がいたら、飼ってあげよう。パパが散歩について行くから、パパを許しておくれ」

「パパ・・・」

卓也は、美恵の顔を見上げた。どうしたらよいか救いを求める目だった。

「あなた。いったい何があったの？」

美恵は、まだ、事態を受け入れられずにいた。

健一は、答えた。

「それは、さっきも言ったが、一言では言い表せない。もし、おまえたちの許しを得たら、その時は、全て話すつもりだ。だが、今はとにかく信じてくれ。俺はひねくれていたし、傲慢だった。そして、愛が足りなかった。了見も狭いくせに、祈りもしなかった。これからは、生まれ変わったつもりで、生きていくつもりだ。卓也とキャッチボールもするし、お墓参りもする。だから、もう一度だけチャンスをくれ。いや、ください」

健一は、また頭を下げた。

その時、腕を組んで一部始終を聞いていた雅史が、口をはさんだ。

「驚いたな、こんなことになるとは。予想外の展開だな。俺は、てっきり、頑固な健一を俺がどうやって説得しようかと、そればかりで頭を悩ませていたんだ。なあ、美恵さん。この意地っ張りの健一が頭を下げてるんだ。何があったかしらんが、ここまで言ってるんだ。もう一度だけ、信じてやってもいいんじゃないか」

美恵は呟くように言った。

「私は、ただ、この人が、生き方を改めてくれさえすれば・・・」

健一は、即座に答えた。

「それは、絶対に約束する」

雅史が、笑顔になって言った。

「これでいいね、美恵さん。なんだかしらんが、うまくいった。アッハッハ」

そして、雅史は、健一と美恵の手を取ると、握手させた。

「これでよしと。健一。ずいぶんとあれこれ心配したんだぞ。さっきも言ったが、どうやって説得しようかってな」

「すまなかったな、雅史。おまえのおかげだ」

「よーし。今度、飲みに行くときは、うまい店、うまい酒で、全部おまえのおごりだぞ」

雅史は、上機嫌で笑った。

「美恵さん。ホッとすると、喉が渇いた。美恵さんは、コーヒーを淹れるのが上手だったね。すいませんが、コーヒーを淹れてくれますか」

「はい。今すぐに淹れますから」

と言って美恵はキッチンに向かった。後の三人は、ソファに座った。

雅史が卓也の頭を撫でて言った。

「卓也君は、意味がわかったかな。パパとママは、仲直りをしたんだよ。今日から、家に帰れるんだよ。よかったな」

「うん。わかった」

卓也は、うれしそうに笑った。

——卓也も、卓也なりに、ずいぶん気を使っていたんだな。すまないことをした。

健一は、手を伸ばし、卓也の頭を撫でた。

卓也は、おとなしく、されるがままにしていた。

美恵がコーヒーを運んで来た。もちろん卓也のは、ココアだ。三人は、コーヒーを飲んだ。

「うまい。これはいい。さすが、美恵さんのコーヒーはうまい」

雅史は、相変わらず上機嫌だ。

「本当にうまいよ、美恵」

健一は、遠慮気味に言った。

「健一、ところで、今からどうする？もう帰るのか？」

雅史に訊かれ、健一は答えた。

「できればな。今日は月曜だから、現場も動いてるからな。気になる仕事も溜まっているしな」

雅史は、頷いた。

「実は、俺も気になる仕事をほっぽり出して来たので、気になってるんだ。とんぼ帰りだが、俺は、ここには、いつでも来れるしな。ああ、それから、鍵を渡しておくからこの別荘は、いつでも遠慮なく使ってくれ。ただし、家族三人でだぞ」

健一は答えた。

「ありがとう雅史。遠慮なく使わせてもらうよ。近くに吊り橋と滝があるだろう。あれを美恵と卓也に見せてやりたいんだ」

健一は、雅史のなにからなにまでの心配りに心底感謝した。

――持つべきものは友だちだな。

そうして、雅史は先に出て、車で坂道を下って行った。

健一は、荷物をまとめると、ちらっと暖炉を見て、心の中で言った。

――ありがとう。おかげで、なんとか間違った人生から立ち直れそうだ。

そして、健一も車で別荘を後にし、坂道を下り出した。もちろん、美恵と卓也を乗せて・・・。


それから一年が経った。

ふもと食堂の引違い戸が勢いよく開き、学校帰りの武とメロンが飛び込んできた。武の手には、何かが握られていた。

「おじいちゃん。去年会った、あの別荘のおじちゃんのこと覚えてる?」

「ああ、よく覚えているよ。そば打ちの筋がいい人だったな」

武は手に持った、はがきと手紙を差し出しながら言った。

「あのおじさんから、はがきと手紙が来てるよ。はがきは僕宛。手紙はおじいちゃん宛だよ」

おじいさんは封書を取り、武はおじいさんに、はがきを見せた。そこには、子供をまん中に、親子三人が、にこにこ笑う写真があった。武は、はがきの文章をおじいさんに読み聞かせた。

「お久しぶりです。武君。メロンは元気かな。君のおかげで、おじさんは、家族と仲良しになりました。ほんとうにありがとう。近く、別荘に行きます。その時は、うちの子供と遊んでやってください。では、お元気で」

「だって。君のおかげってなんだろう。僕、何もしてないけどなあ」

おじいさんが答えた。

「ほんとじゃなあ。じゃあ、じいちゃん宛の手紙を読んでみるか」

そして、おじいさんは、封書を開けた。しばらく黙って読んでいたが、読み終わると、にっこりと笑った。

「なんて書いてあった?」

武は、カウンターから身を乗り出した。

「ああ、武のはがきと同じようなことだ。わしと話をして、生き方を見直し、別居していた家族と一緒に住むようになり、今はとても幸せで充実していますって、書いてある」

おじいさんは、そう言って、首をかしげた。武がおじいさんに訊いた。

「おじいちゃん。あの時、何か言った?」

「いや、当たり前のことを、言っただけじゃよ」

「ふーん」

こんどは二人とも首をかしげたが、武は、さっと頭を切り換えた。

「でも。幸せだったらいいじゃん。今度来たら、その子と遊んであげようっと」

武は、そう言うと、メロンと外に飛び出して行った。おじいさんは、その姿を見送りながら、外に出て呟いた。

「まあ。あの人にとって、必要な時に、必要な言葉がたまたま、武とわしの口から出たんじゃろうな・・・」

再び、おじいさんは、ちょっと首をひねった。

「しかし、それだけじゃないじゃろうな。何か人には話せないような大事なことか、体験があったのかもしれんな」

　おじいさんは、両手で腰を伸ばすと、晴れた空のお日様に手を合わせた。そして、店に戻ると、今年から入れた、大きな鋳物製薪ストーブに薪をくべ、その炎を見つめたのだった。

クリスマスリース

「うわー！おいしいや！」

「ほんと！ほんとうに、おいしいわ。このパンなんて言うの？」

シンシアの店、パン屋「ラブリー」の前の道に、子供たちが集まって、パンをかじっています。

シンシアは、優しい笑顔を浮かべて言いました。

「クロワッサンというのよ。いつもはコッペパンが多いんだけど、ちょっと変わった物を作ってみたかったのよ。うまくできたかしら？」

「うまくなんてものじゃないよ。僕、こんなおいしいパン、初めて食べた」

「私も」「私もよ」

みんな、大喜びです。これはいつもの光景。ラブリーの前、道を隔てた向こうは公園になっています。ここがこの小さな町の子供たちの遊び場です。シンシアは、大の子供好き。朝早く起きて焼いたパンをおやつの時間に子供たちに振舞うのです。

「ああ、おいしかった。シンシア姉さん、いつもありがとう。今日は特別おいしかったよ。じゃ、また、遊んで来るね」

子供たちは、公園に走り、見送ったシンシアは、勝手口から店の中に入りました。

シンシアは、二十歳半ば、美しい顔だちの上、笑顔がきれいで、町中の女の子が憧れている女性です。この小さな町で、唯一のパン屋、ラブリーを営みながら、愛猫のマリアと二人暮らしです。

パン屋ラブリーは、父母が始めた店です。父は、若い頃、数多くの有名なパン屋に勤めて修業を積み、そのパンの味は絶妙で、町の皆がパン作りの名人と認めた人でした。母は、パンを売るのが担当でしたが、面倒見のよい、気さくな人柄で町中の人から、慕われていました。
シンシアは 子供の頃から店の手伝いをしていて、父独自のパン作りも、見よう見まねで自然と身についていました。
二、三年前に、その父母が 相次いで病気で亡くなり、シンシアがパン屋を継ぐことになったのです。
子供たちを見送り、店に戻ったシンシアは、今日はもう店じまいなので、片付けものを済ませ、明日の朝焼く、パンの生地をこね、暖かい所にしばらく置き、生地が膨らんだのを確認し、冷蔵庫に寝かせると、店の奥の自宅に戻りました。

リビングに入ると、ソファーに座り、紅茶を飲みながら、休みました。目は自然とテレビラックの上にある一枚の写真に注がれています。

それは、父母、シンシア、弟のトムとトムの愛猫ミラが仲よくしているクリスマスに撮った暖かく賑やかな写真です。

――いつ見ても、みんな楽しそう・・・あの頃に戻れたら・・・。

「ミャー」

と啼いたのは、愛猫のマリアです。賢い子で、シンシアが店に出ている間は、おとなしく待っていますが、戻るとすぐに甘えてきます。マリアは、いつものように膝に乗ってきました。そして、シンシアの目を見つめます。

やがて、納得したように「ミャッ」と一声啼くと膝の上で寝そべりました。

「マリア、いい子だね。愛しているからね」

――この子は、いつも私の目を見つめる。目からなにを感じているのだろう・・・。

シンシアは、マリアと出会った時の事を思い出していました。

あれは、母に続いて、父が亡くなってしばらくした頃のことです。

その日、シンシアは、電車に乗って、大きな街、ランバヌの市場に買い出しに出かけました。

その帰りのことです。駅を降り、リュックを背負ったシンシアは、家路に向かっていました。

しかし、シンシアの心は、深く沈んでいました。

――ママに続き、パパも逝ってしまった。私は、これから、どうして生きていけばいいのかしら。寂しい・・・。とてつもなく、寂しい・・・。

その時、突然、道端の藪から子猫が飛び出してきました。

「ミャー、ミャー」と、啼きながら、シンシアの足にまとわりついてきました。

「あなたは野良猫なの？ お腹が減っているの？」

子猫は、シンシアを見上げて、その目を見つめています。シンシアはリュックを下ろすと、中から、今日買ったソーセージを取り出し、細かくちぎって、足元に置いてあげました。

「ミャー」と啼くと、その子猫はあっという間にソーセージを平らげました。

シンシアは、もう一本 ソーセージを与えましたが、子猫はもう食べません。シンシアの目を見つめ続けています。

――お腹が減っていたわけじゃないのね。

シンシアも子猫の目を見ました。突然、なつかしい感じが湧き上がってきました。

――なんなのかしら、この子の目。昔から知っていたような・・・。

しばらく、子猫を見つめていましたが、シンシアは気を取り直して子猫に言いました。

「じゃあ 元気でね。お姉ちゃんは帰るから」

そう言って シンシアが、歩き出すと、子猫は、また足にまとわりつき、シンシアは転びそうになりました。

――どうしよう。これじゃ危なくて、まともに歩けないわ。

シンシアは、仕方なく猫を抱き上げました。

子猫は、おとなしく抱かれ、暴れる様子もありません。

――おとなしいし、賢い子ね。

結局そのまま、家に帰り着きました。

ドアの前で、シンシアはその子猫を地面に下ろすと、言い聞かせるように言いました。

「じゃあね。ここでお帰り。気をつけて帰るのよ」

シンシアがドアを少し開けた時です。子猫は素早く、ドアの隙間から家の中に駆け込んでしまいました。

「ダメダメ。ちょっと待って。家には入れられないの」

シンシアは、玄関にリュックをおろすと、子猫を追いかけました。しかし、子猫はリビングの棚の上で、満足したように全身を舐めています。

シンシアは、呆然としてしまいました。

――まあなんてこと。まるで自分の家みたいに。飼ってもらうつもりなのかしら。

シンシアは戸惑いましたが、子猫を追い出すような乱暴なことは、とてもできません。

仕方なく、子猫を説得しようと話しかけました。

「私は、独り暮らしなの。そして、パン作りのお仕事で精一杯なの。とても、かまってあげられない。だから・・・」

その時、子猫はまたシンシアの目を見つめました。子猫とは思えない、思慮深い目でした。

シンシアは、驚きましたが、咄嗟に閃きました。

――この目は、弟トムの愛猫ミラの目だわ。この子は、ただの野良の子猫じゃない。私のことをよく知っている・・・。ミラは、トムが行方不明になった後、どこかに行ってしまい、何日も捜したけれど、帰って来なかった。もしかしたら、この子は、ミラの生まれ変わりかも・・・。

シンシアは、この時、胸が熱くなり、子猫を飼わなければいけないという強い思いが、心を占めました。

その時から、子猫は、シンシアの家族となりました。シンシアは、子猫にマリアと名付けました。

シンシアは、そう考えながら、マリアの背を撫でていましたが、仕事の疲れからか、急に眠気が生じました。そして、ソファーにもたれ、眠ってしまいました。

夢を見ました。

弟、トムがいました。

「姉さん。こんなもんで、どうだい？」

クリスマスの赤い三角帽子を被り、クリスマスツリーに、色とりどりのモールや装飾小物を飾り付けていたトムが言いました。

「あら、素敵。きれいに飾り付けたわね。トム」

「へへ。どんなもんだい。センスいいだろう」

トムは、腰に手を当て、クリスマスツリーを見上げながら、満足そうです。

クリスマスイブ。店じまいをした、父と母がリビングに入って来ました。

「お！きれいに飾り付けたな」

「ほんと、華やかね。さすが、クリスマス好きのトムね。大活躍ね」

トムは、満足そうに頷きました。

「今夜の晩餐のローストチキンを焼いたり、料理しなければならんが、店じまいで疲れたから、ちょっと休んで、お茶でも飲もうか」

みんなは、ソファーに座りました。トムの膝の上に、愛猫のミラが乗り、トムは優しくその背を撫でています・・・。

ここで、夢は醒めました。

シンシアは、目覚めましたが、ぼんやりと今の夢のことを考えていました。

――また、トムの夢だわ。このところ、トムの夢ばかり見ている。

――トム。今、どこにいるのかしら。元気にしていればいいけれど・・・。

弟のトムは、行方不明です。もう五年が経ちました。

ある日、トムは、いつものように、アルバイトに行くと言って、元気に出かけたきり、帰って来ませんでした。

出て行く時の感じはいつもと同じで、特に変わった様子はありませんでした。

父母もシンシアも大変心配し、捜索願いはもちろん、ありとあらゆる方法で、トムの行方を捜しました。親戚、友人、知人など、考えられる限りの人に尋ねましたが、誰一人、トムの行方を知るものはなく、また、手がかりとなる情報も得られませんでした。

三人は、途方にくれながら、トムの帰りを待ち続け、毎日、神様に祈り続けました。

かわいそうだったのは、父と母です。死の直前まで、トムのことを案じていました。しかし、結局、願いが叶うことなく、他界したのです。

家族の写真を眺めながら、今日もシンシアの頬を涙が伝いました。

「ミャー」

マリアが、心配そうな目で、シンシアを見上げています。そして、シンシアの手を優しく舐めます。

──マリア。優しい子。

「ごめんね、マリア。また泣いちゃったわ。でも私は大丈夫だから、心配しないでね」

──トムはどこかで生きている。なぜだかどうしても死んだとは思えない。そして、いつか元気で帰って来ると、根拠はないけれど、確信があるわ。

──もし、マリアがいなかったら、私は寂しさのあまり、死んでいたかもしれない。それに、マリアには不思議な力がある。この子には、うちの家族にしかない独特のムードが漂っている。それを感じていると、心が温かくなり、寂しさを忘れて、生きていく力が湧いてくるもの。

「さあ、夕食でも作りましょう。元気を出さないと。トムが帰って来るまでは」

シンシアの日々は、このように過ぎていきます。


──それにしても、子供たちは元気だわ。この寒さの中、いつもと同じように遊んでいる。子供は風の子とは、よくいったものだわ。

シンシアは、店じまいの片付けやパンの生地作りを手早く済ませ、いつものようにリビングでひと休みしました。

店の勝手口のドアが開く音が、かすかに聞こえました。

──誰かしら。

シンシアが、店を覗くと、勝手口に見知らぬ男が立っていました。

髪はボサボサ、髭は伸び放題、つぎはぎだらけのコートを纏った、乞食か浮浪者のような男でした。

唖然として、立っているシンシアを見た男は、うろたえたようです。

「ごめんなさい、勝手に入って。怪しい者じゃありません。ただ、前を通ると、パンのおいしそうな香りがしたので、つい、ドアを開けてしまいました。帰ります。ご心配なく」

男は、背を向け、ドアに手をかけました。

「ちょっと待ってください・・・パンならありますけど・・・」

その姿に似合わず、男の言葉遣いがていねいで、声も優しそうだったので、シンシアは恐る恐るですが、声を掛けました。

男は、振り返り、恥ずかしげに小さな声で言いました。

「すいません。昨日から、なにも食べていないので・・・でも、お金がないのです」

シンシアは、かわいそうになりました。

その時、いつ来たのか、猫のマリアが男の足にまとわりつき、しきりに体を擦りつけています。

――人見知りの強いマリアが・・・この人は悪い人じゃないかもしれない。

シンシアは、男に言いました。

「お金は要りません。なにも食べていない空腹な人から、お金をもらうほど、がめつくありませんから」

男は、シンシアの優しい言葉に、笑顔を浮かべましたが、きっぱりと言いました。

「私は、こんな身なりをしているホームレスですが、乞食ではありません。ただで頂くことはできません」

この言葉でシンシアは、察しました。この人はただの浮浪者じゃない。なにか訳があるのだと。

「わかりました。お金は後日、できた時に頂きますから、取りあえず、これを・・・」

シンシアは、店の棚から、コッペパンを三つ取り出し、紙袋に入れ、男に差し出しました。

思いも掛けず、男は涙ぐんでいます。

「ありがとうございます。じゃあ、お金は後日、必ず届けますから。では頂きます」

男は、頭を下げ、拝むように紙袋を受け取りました。そして、ドアを開け、外に出ると、店の前のベンチに座って、パンをかじりました。

その様子をショーウィンドウから見ていたシンシアに、男に対する同情の思いが湧き上がってきました。

――なにかしてあげないと。

独り暮らしで女性のシンシアは、見知らぬ男を家に上げるのには、ためらいがあります。でも、店なら、ショーウィンドウ越しに、外からもよく見えますし、テーブルも一つあるので、安心だと思えました。

――でも、問題は、あの身なりと臭いだわ。

明らかに風呂に入っていない男は、臭かったのです。でも、風呂に入れるわけにもいきません。

――そうだわ。小さいけど、近くに共同浴場があるわ。そこで体を洗ってもらったら、店に入ってもらえるわ。

家に風呂があるシンシアは、主にお年寄りたちが語らいの場としている共同浴場に入った事はありませんが、ふと思い出したのです。

シンシアは、コーヒーポットと水を入れたコップを持って、店の外に出ました。

男は、三つ目のパンを食べ終えていましたが、喉を詰まらせたようです。

「パンは喉が詰まるでしょう。先にお水を飲んでください。寒いですから、温かいコーヒーも持ってきました」

男は、水を飲み、喉の詰まりが取れたようです。

「これはご親切に。ありがとうございます。遠慮なく、頂きます」

男は、コップにコーヒーを注ぐとおいしそうに飲みました。

シンシアはその様子に満足しながら、話し掛けます。

「あの、お時間ありますか。この近くに小さいですが、無料の共同浴場があります。そこで、入浴されたらどうでしょう。着替えは、亡くなった父の服があります。タオルや入浴セットも父のがあります。さっぱりされたら、店で温かいものでも出せますし。どうですか」

男は、驚いたようです。

「共同浴場は、先程通ったのでわかりますが、初対面の方に、そんなお世話になるなんて・・・」

「父の物は、私が使う事はありませんので、ご遠慮なく」

シンシアは、そう言って、自宅に入ると、着替え、入浴セット等を袋に入れて、男に渡しました。

男は、深く頭を下げ、袋を受け取ると、共同浴場に向かいました。

シンシアは、男を見送ると、店に入りました。店には、パンを焼くので厨房があります。

シンシアは、自宅の台所から食材を抱えて来ました。

――今日は。寒いから、シチューにしよう。

猫のマリアが、足にまとわりつきます。

「マリア。あの人は、きっといい人よね。マリアが教えてくれたもんね」

マリアは、ご機嫌のようです。

――さあ、あの人が帰って来るまでに、シチューを仕上げないと。

シンシアは、じゃがいもをむき始めました。

店中に、いい香りが漂った頃、ドアベルが鳴り、男が帰って来ました。

「お帰りなさい。どうですか。さっぱりしましたか」

シンシアは、そう言って、男の方を見て、驚きました。

髪を洗って、髭を剃った男は、見違えるような美男子でした。先程は老けて見えましたが、歳は三十歳位にしか見えません。

「おかげさまで、久しぶりに、さっぱりしました。入浴がこんなに気持ちのいいものだなんて、忘れていました」

男は、入浴セットが入った袋を手渡すと言いました。

「すっかり、お世話になりました。後日、今日の御礼にお伺いします」

男は、そう言って、帰りかけました。

「ちょっと待ってください。お上がりになって。シチューを作りました。お口に合うかわかりませんけど。温まると思いまして」

男は、戸惑っています。

「そんな、お気を遣わせて。コッペパンだけでも、ありがたかったのに・・・」

「でも昨日から、食べてらっしゃらないのでしょ。あれでは、全然足りないでしょう」

男は、頭を掻きました。

「恥ずかしいですが、おっしゃる通りです。このシチューのいい香りには、勝てそうにありませんね」

その時、男のお腹がグーッと鳴りました。そのタイミングのよさに、シンシアと男は笑い、一気に場が和みました。

「さあ、お掛けになって。シチューをよそってきますから」

男が、テーブルに腰掛けると、その膝に、マリアが乗ってきました。男は、優しくマリアを撫で、マリアはおとなしく寝そべって、グルグルと喉を鳴らしています。

シチューを持ってきたシンシアは、このマリアの様子に驚きました。

「この子、マリアは、とても人見知りなんです。他人が家の中に入ると、猫ハウスに隠れ、絶対に出て来ないんですよ。それなのに・・・」

男は、笑います。

「僕は、子供の頃から、大の動物好きで、犬や猫、鳩やインコなども育てていました。それが、このマリアちゃんにはわかるんでしょうね」

シンシアは感心しながらも頷いています。

テーブルにシチューを置き、いろんなパンを盛ったバスケットを添えると、シンシアは言いました。

「さあ、冷めないうちに、シチューをどうぞ。パンはいくらでもあります。で、私もご一緒していいかしら」

「どうぞ、どうぞ。一人で食べるのには、あきあきしていますから」

「私もいつも一人ですから、うれしいわ」

シンシアは自分のシチューをよそって、男の前に座りました。

「いただきます」

シチューを一口食べた男は、驚きました。

「おいしい。香り豊かで、深いコクがある。料理がお得意なんですね。驚きです」

「いえ、いつも自分が食べるだけなので、味気ないので、簡単な物で済ませています。誰かに食べてもらえると思うと、作りがいがありますから」

シチューを食べながら、シンシアは、男に話し掛けます。

「私は、シンシア。お名前は?」

「クリムです。クリム・ディアスです」

男は、シチューを食べ終わり、パンを食べています。シンシアはシチューのおかわりを持って来ました。

「クリムさんは、ただのホームレスには見えません。なにかあったのですか?・・・ごめんなさい。答えたくなければ、無視してください」

男は、少し目を伏せながらも、静かに語り出しました。

「いえ、僕が愚かだっただけで、隠さなければならないことは、なにもありません。僕は技術者でした。物を作り出す仕事が好きで、大手の製造会社で夢中で働いていました。技術屋なので、世間知らず。特にお金のことは、興味が持てずにいました。そして、当時、商社を設立し、経営していた友人に頼まれ、保証人になってしまいました。その友人の商社は倒産し、友人は失踪。当然、保証人になった僕が、その借金を背負うことになったのです。ただ、その額が膨大で、僕の貯金などでは、払えるはずもなく、父母はもう亡くなっていたので、先祖から受け継いだ屋敷も土地も取り上げられ、僕は、突然、無一文になりました。幸い、かつかつ借金は返済しましたが、住む所もなくしました。その処理に追われ、長期に会社を欠勤したので、解雇され、ホームレスとなったのです」

シンシアは、真剣に聞き入りました。

――やっぱり、クリムさんは、なにも間違った事はしていない。気の毒な話だわ。

「辛い事を思い出させてごめんなさい。ただ私は、クリムさんには、なにか事情があると思って・・・」

クリムは、気を取り直して、明るく言いました。

「自分は、運が悪いんだと思い込んでいました。友達に裏切られ、人間不信にもなりかけていました。でも、今日、シンシアさんに出会って、人のぬくもりに触れ、今、人間とはいいものだなあと骨身に沁みて感じています。また、このマリアちゃんの温かさ、可愛さ。なんだか、もう一度、ゼロからやり直してみようという勇気が湧いてきました」

シンシアは、クリムの声が力強くなったように思え、微笑みました。

二人は、自分でも不思議に思いながらも、すっかり打ち解け、お互いの境遇や悩み事も話し合いました。

「そうか。シンシアさんの一番の願いは、行方不明の弟さんが、帰って来ることなんですね」

シンシアの話を聞いていたクリムは、ポツッと言いました。そして、宙を見つめて、考え込んでいます。

「シンシアさん。僕は、今日のあなたの親切に報いるなにも持っていません。ただ、信じてもらえるかわからないけど、不思議な経験をしたのです。聞いてもらえますか？」

シンシアは、黙って頷きました。

「半月程前のことです。寒さが、厳しくなりだし、夜更けになっても眠れなかった僕は、テントの中で凍えていました。すると、テントの外から、クリム、クリムと呼びかける声がしました。不思議に思った僕は、テントの入り口の布をめくりました。そこには、赤いコートを来た、真っ白な髭を生やした太った老人が立っていました。

『僕になにか用ですか？』

老人は、それには返事せず、

『入らせてもらうぞ』

と言って、テントの中に入って来ました。

呆気にとられている僕のことには構わず、老人はあぐらをかき、テント内を見回しています。

『なるほど、これでは、さぞかし寒かろう』

『どなたです。ご用は』

『そんな事はどうでもよい。クリム、わしはおまえに、クリスマスリースの作り方を教えに出向いて来たのじゃよ』

『クリスマスリース。あの丸くて葉っぱや飾りがあるやつですか』

『そうじゃ。ただ、わしがおまえに教えに来たものは、特別なクリスマスリースだ。不思議な力を持つものじゃ』

『まあ、いいから。ここに座れ。クリスマスリースの作り方を教えよう』

老人の言葉には、なにか、あらがえない力強さがあります。僕は、しぶしぶ老人の前に座りました。

老人は肩に掛けていた袋を下ろし、中からクリスマスリースを作る材料を取り出しました。

数種類の針葉樹の葉。色々な色の飾り小物。つる性の枝を編んだ円形の土台。ワイヤーと接着剤等。

特に変わった物はありません。

『クリム。これでクリスマスリースを作ってみよ』

『僕がですか?そんな物、作ったこともありません』

『なんでもよい。記憶にあるクリスマスリースを作ればよいのじゃ』

仕方なく、僕は作り出しました。針葉樹の葉を二、三種類重ね土台にワイヤーで留めていくのを円形に沿って一周するまでは、なんとかできましたが、飾り小物は、どうしていいかわかりません。

『これは、どこに付ければよいのですか。なにか決まり事があるのですか?』

『いや、そんなものはない。おまえの直感でここが良いと思う所に飾るんじゃよ』

僕は、戸惑いましたが、素直に、色のバランスを考えながら、飾り小物を配し、接着していきました。

『よし。では、これを針葉樹の葉や茎に巻き付けるのじゃ。なるべく均一にじゃ』

そう言って、老人は、ドライフラワーのように乾いた茎が長い、花の束を手渡しました
『この花は、なんの花ですか。色々あるようですが』

『そうじゃ、十数種類ある。名前を教えても知るはずがない。この世界に咲く花ではないのでのう』

僕は、その言葉に驚愕しました。

『この世界に咲く花ではないとは、どういう意味ですか。この世界以外に他の世界があるという事ですか?』

『そんなことはどうでもよい。おまえには、知る必要のないことじゃ。おまえは、このクリスマスリースを作りさえすればよい』

僕は、もっと訊ねたいと思いましたが、なにかに強く阻まれ、口を開けませんでした。

仕方なく、言われた通りに、その花の茎を針葉樹の葉等に巻き付けました。

それを見ていた老人は、頷きました。

『よし、それでよい。完成じゃ。どうじゃ、きれいであろうが』

老人が言うように、できあがったクリスマスリースは、美しいものでした。

『ほんとうにきれいだ。気のせいかな。細かく光っているように見える』

老人は、僕の目を見つめ、言いました。

『このクリスマスリースには不思議な力がある。叶わない願いを叶え、幸福をもたらすのじゃ。ただ、誰もがそうなるわけではない。心が清らかで、愛の深い人間だけが、真の幸せを手に入れることができるのじゃ』

老人は、続けます。

『よいか。このクリスマスリースの作り方を人に教えてもよいが、それには条件がある。心はきれいで、生き方も間違っていないのに、なぜか幸せになれずに苦しんでいる者にしか教えてはいけない。これだけは肝に銘じておくのだぞ』

『僕は技術者です。人相手の仕事ではありません。そんな僕に人の心を見抜く力などありません』

『なに、自分の心の声に正直になるのだ。そうすれば、その時、自分が納得する。それに従えばいいのじゃよ』

老人は立ち上がり、また謎めいた言葉を残して、テントを出て行きました。

『クリム。さらばじゃ。では、またクリスマス前に会おう』

――クリスマス前に。どういう意味だ？

僕は、テントを出て、後を追おうとしましたが、不思議な事に老人の姿は、ありませんでした。僕は、呆然として、立ちすくんでしまいました」

ここまで話すと、クリムは、コップの水を一気に飲み、フゥーと一息つきました。

「それで結論ですが、僕は、シンシアさんにクリスマスリースの作り方をお教えしたいのです」

シンシアは、驚きました。

「そんな、とんでもないわ。私は、心がきれいではありません。生き方なんて、間違いだらけです。そんな不思議なクリスマスリースの作り方を教わる資格はありません」

クリムは、シンシアの目を見つめて言いました。

「僕は、ただ、あの老人が言った通り、自分の心の声に正直になっているだけです。シンシアさんこそ、リースの作り方を教えるべき人だと」

柱時計がボーンボーンと時を告げました。

「ああ、もうこんな時間だ。僕が、長話をしたからだ。すいません。お付き合い頂いて。帰ります。明日、このお借りした服を洗濯して返しに来ます。お金もホームレス仲間から借り、払いますので。この続きは明日と言う事で・・・では、お休みなさい」

そう言って、クリムは立ち上がり、足早に店を出ると、帰っていきました。

シンシアは食器を洗いながら考えました。

――リースを作ることなど、私には、ふさわしくない。明日、クリムさんが来られたら断ろう。

もう、夜も更けていましたので、シンシアはベッドに入りました。マリアも一緒です。

シンシアは、夢を見ました。

弟のトムが、クリスマスリースを作っています。

「クリスマスリースじゃないの、トム。よく作り方を知っていたわね」

トムは、器用に針葉樹の葉を円形に配しながら答えます。

「でも、この先がどうすればいいかわからないんだ。姉さん、教えてよ」

「私も知らないわ。クリスマスリースを作ったことないから」

トムは、手を止め、シンシアに向かって、満面の笑顔で言いました。

「だから、明日、クリムさんに教わってよ」

シンシアは、言いました。

「それはできないわ。私には、そんな資格がないもの」

トムは、きっぱりと言います。

「資格はあるよ。僕にはわかっているから。リースを一緒に作りたいんだ。僕の願いを叶えてよ・・・約束だよ・・・」

最後の方は、声が小さくなって、トムの姿も、うっすらとしだし、消えてしまいました
ここで、夢が覚め、シンシアは目覚めました。早朝、東の空がうっすらと光っています。

——ああ、パンを焼く支度をしないと。

シンシアはベッドから起き出しました。

——さっきの夢は、なにかの暗示かお知らせかしら。トムが、クリスマスリースを望んでいる。クリ

ムさんに作り方を教えてもらった方がいいのかしら。

てきぱきと、パン焼きや仕事をこなしながら、シンシアは同じ事を自問自答していました。

昼も過ぎ、いつものように子供たちにパンを振る舞い、ホッと一息ついた時です。勝手口のドアが開いて、クリムが入って来ました
「シンシアさん。昨日はどうもありがとう。なにもかもお世話になってしまって。お父さんの服は、コインランドリーで、洗濯、乾燥しましたから、お返しします。お金も封筒に入っています。ありがとうございました」

クリムは、そう言って、紙袋を手渡すと、肩に掛けた革袋を下ろしました。

「この中に、円形につるを編んだ土台。針葉樹の葉や飾り小物、ドライフラワー等あの老人から譲り受けたものが一式入っています」

そして、続けます。

「今朝から考えていたのですが、昨日は僕も、ちょっと興奮していて、リースの事をシンシアさんに押しつけた形になったので、反省しました。で、考え直して、これを書きました。どうぞ」

と言って、五、六枚の画用紙を差し出しました。

シンシアが受け取ると、きれいな字でクリスマスリースの作り方が、順を追って、丁寧に書かれています。そして、その横に色鉛筆できれいに色付けされた絵が、これも順番に描かれています。

シンシアは、パラパラめくって、驚嘆しました。

「うわあ。きれいな字に、きれいな絵ですね。これはわかりやすいわ。でも、大変だったでしょう」

クリムは笑顔で答えます。

「僕は、技術者なので、設計図を描きます。なんでもないことですよ。それより、これがあれば、僕が直接お教えしなくても、クリスマスリースは作れます。だから、ゆっくり考えて、その気になったら、リースを作ってください。嫌なら、処分してください。もう、僕は、強制しませんから、シンシアさんのいいように」

シンシアは、深く頭を下げました。

「そう言って頂くと助かります。昨日の今日では、まだ迷っていて、どうすればいいか決めかねていました。トムの夢を見ましたが、それに意味があるのかもわからずにいます」

そう言って、シンシアは、クリムに今朝の夢のことを手短に話しました。

「不思議な夢ですね。でも、僕にも何かの暗示かどうかはわかりません。また、夢ではっきり教えてもらえればいいですけど」

クリムは、言いました。

「これで、帰りますが、また遊びにきてもいいですか?シンシアさんと話していると楽しいんです。なにかやる気が出るんです」

シンシアは、笑顔で答えます。

「どうぞ、いつでも、いらしてください。私も楽しみにお待ちしていますから」

そうして、二人は別れました。

シンシアは、片付けやパンの生地作りを済ませて、リビングのソファーに座りました。

手には、クリムにもらったクリスマスリースの作り方があります。

シンシアは、そのメモとスケッチを熱心に読んでいました。

――こんなに詳しくて、きれいに。クリムさんはほんとうに親切ね。

膝にマリアが乗ってきました。シンシアは優しく撫でながら、家族の写真を眺めて呟きました。

「トム、今朝の夢は、あなたが見せたの?クリスマスリースを作れって事なの？」

シンシアがそう呟いた時です。

突然、サイドボードの上の虎の首振り人形が、カタカタと音を立てて、首を縦に振り出しました。もう何年も動いたことのない人形でした。

シンシアは、触ったことがありませんが、トムは横を通る度に、軽く虎の頭を叩いて首を振らせ「こいつ面白いな」と、いつも笑っていました。

シンシアは驚きました。

――なんてこと。トムがいなくなってから一度も動いたことがないのに。まるで、私の呟きに応えて、頷いているように・・・。

――これはなにかを暗示している。偶然じゃない。トムが、クリスマスリースを作れと知らせているに違いないわ。

その時、マリアが膝の上で、シンシアの目を見つめ「ミャー、ミャー」となにかを訴えるように啼きました。

――マリアも作れと言ってるわ。もう資格がないなどと躊躇してられないわ。

「わかったわ、トム。クリスマスリースを作ることにするわ」

シンシアは、クリムが置いていった、クリスマスリースの材料一式が入った革袋を取りに行くと、革袋の口から、白い光が洩れています。

――この材料自体がもう不思議だわ。すぐに始めなくちゃ。気が変わらないうちに・・・。

シンシアの表情が真剣になりました。

革袋から、一つ一つの材料を取り出し、リビングの床に整然と並べました。

たくさんの材料を前にして、シンシアは祈りました。

「パパ、ママ、どうかお力をお貸しください。きれいなクリスマスリースが作れますように。その力で、トムが帰るという願いが叶い、幸福が訪れますように」

マリアはシンシアの横に行儀よく座っています。まるで、一緒に祈っているように。そして、シンシアは、マリアの頭を優しく撫でました。

――今晩は、夕食も抜き、できあがるまで止めないわ。

シンシアは、クリムがくれたリースの作り方のメモとスケッチを見ながら、作業を始めました。マリアは、シンシアのすぐ横で、丸くなっています。

――マリア、付いててくれるの。優しいわね。

その夜、シンシアの家のリビングの明かりが消える事はありませんでした。

窓から射す朝の光を頬に受け、シンシアは目覚めました。リビングの床に横たわっていました。マリアはぐっすり眠っています。

――朝だわ。作り終えるのに明け方までかかったから・・・。

ゆっくりと、身を起こしたシンシアは、すぐに、クリスマスリースの方を見ました。

床に置かれた、クリスマスリースは、完璧に美しく仕上がっていました。そして、朝の光を受け、キラキラと輝いています。

――なんて、きれいなの。光が散りばめられたよう・・・。

シンシアは、ホッとしました。

「トム。夢での約束通り、クリスマスリースを作り上げたわ。どう、きれいでしょう。パパもママもありがとう。無事にできあがりました」

シンシアは、マリアの頭を撫でて、立ち上がると店に向かいました。

――今日は、疲れて、とても店のことなどできない。仕方がないわ、臨時休業にしましょう。

シンシアは、店のドアの外に「本日、臨時休業」の札を出すと、自宅の台所に戻りました。

――昨日の晩は、なにも食べてないから、なにか温かいものでも食べないと。

シンシアは、冷蔵庫の中から材料を取り出すと、手際よく料理を始めました。

やがて、具入りのスープができあがり、テーブルにパンとスープを並べると、

「ミャー、ミャー」

と啼いて、マリアが来ました。足に体を擦り寄せ、甘えています。

「ああ、マリア。ごめんね。昨夜はご苦労さま。ずっと一緒に居てくれていたものね。今ごはんをあげるから」

シンシアは、そう言って猫皿にキャットフードを山盛りにし、差し出しました。マリアは、すぐに食べ始めました。

シンシアもテーブルに座って、パンとスープを食べました。疲れているからか、スープの温かさが体に沁み入り、ホッとしました。

――クリムさんが、こと細かに作り方を書いてくれていたから助かったわ。失敗せずにできた。御礼を言わないと。

お腹が膨れると、眠気がおそってきました。

シンシアは、マリアと一緒にベッドに入り、まもなく眠ってしまいました。

次の日から、いつもの日常が戻ってきましたが、リビングに立派なクリスマスリースが飾られている事が違います。店じまいの後の一息や夕食後も、シンシアは、クリスマスリースを眺めて過ごします。

――やっぱりこれは、ただのクリスマスリースではないわ。見ているだけで、心がホットと温まる気がするそれに、この時期、外や店では寒さが堪えるのに、このリビングだけ暖かいわ。

シンシアのその思いに応えるようにクリスマスリースは、キラキラ輝きます。


そんなある日、シンシアがいつものように店じまいと片付けをしていると、勝手口のドアベルが、カラリンと鳴りました。

――誰かしら。

シンシアがそう思ってドアを開けると、二十歳過ぎの若い女の子が立っています。

「まあ、ナタリーじゃないの。久しぶりね。元気にしていた？」

ナタリーと呼ばれたその子は、トムの彼女だったのです。

トムが行方不明になった時、シンシアと共に、トムの友達を訪ね歩いたりした、優しく誠実な子でした。

「シンシアお姉さん、お久しぶりです。今日はちょっと見て頂きたいものがあって、お伺いしました」

「そう。とにかく上がって。私も話したいことがあるから。お茶にしましょう」

シンシアは、そう言って、ナタリーをリビングに招き入れました。ナタリーをソファーに座らせると、シンシアは台所で紅茶を入れます。

紅茶と菓子パンを乗せた盆を持って、シンシアが、リビングに戻ると、ナタリーはクリスマスリースの前に立って、じっと見つめています

「シンシアお姉さん。お構いなく。このクリスマスリース、どうしたんですか？　あまりにきれいで・・・。それに、光り輝いているように見えます」

シンシアは、答えます。

「さっき話したいと言ったのは、このクリスマスリースのことなんだけど。先に、ナタリーの見てほしいものを見せて。さあ、座ってまずはお茶を飲んで、ゆっくりしてね」

ナタリーは、素直にソファーに座って、お茶を一口飲むと、バッグから、なにかを取り出し、テーブルのシンシアの前に置きました。

シンシアが見ると、それは、一枚の写真でトムとナタリーが、海を背景に、仲良く立っているものでした。

「シンシアお姉さん。これは、私が、肌身離さず持って歩いているトムとの写真です。今日はこれをお見せに来ました」

シンシアは、写真を手に取り、見つめます。

「よく撮れてるいい写真ね。二人とも可愛いわね」

しかし、ナタリーの様子は真剣です。

「その写真の後ろに海が写っていて、右側に船がありますよね」

シンシアは、答えます。

「ええ、この白い船でしょう。この船がなにか・・・」

ナタリーは、天井を仰ぎました。

「ああ、よかった。お姉さんにも見えているのね。私だけかと思って・・・」

シンシアは、首を傾げています。

「私だけかって、どういう事かしら？」

ナタリーは、シンシアの方に身を乗り出し、思わぬ事を言いました。

「シンシアお姉さん。この船、昨日まで無かったんです。今日、バスの中で座って、この写真を取り出したら、無かった船が写っていたんです」

シンシアは、あまりの事にうろたえました。

「そんな・・・。勘違いって事・・・」

ナタリーは、大きく首を振りました。

「とんでもない。私は、トムが行方不明になってから、毎日、何度もこの写真を見ています」

シンシアは、黙ってしまいました。長い沈黙があり、シンシアが口を開きました。

「ナタリー。あなたが嘘をついたりしないのはよくわかってるわ。信じます。それで、私はなんて言えばいいの？」

ナタリーは、ゆっくりと話します。

「これは、こんなあり得ない事は、なにかの暗示じゃないかと思って・・・。シンシアお姉さんなら、なにか心当たりがあるかもと思って、急いで見てもらいに来ました」

シンシアは、混乱しています。

「心当たりなんて・・・。トムは船が大好きだったぐらいしか。でも、そんな事は、ナタリーも知っているものね」

ナタリーは、気落ちしています。

「ええ、トムは、大の船好きでした。でも、それだけじゃ、なにも説明が付かない・・・。そうですか、お姉さんも心当たり、ありませんか」

ナタリーは、写真を持って、立ち上がりました。

「ごめんなさい。突然、押しかけて、変な話をして・・・。忘れてください。お茶とパン、おいしかったです。帰ります。ありがとうございました」

シンシアも頭が混乱し、引き止めようもなく、ナタリーを送り出しました。

「じゃあね。あまりの事に、頭が真っ白になって。クリスマスリースの話は、今度、落ち着いた時にするわ。近いうちに、また来てくれるかしら」

ナタリーも頷きます。

「そうですね。その方がいいですね。私も今は他の事を考えられませんから。また伺います」

ナタリーが、帰ると、シンシアは力なくソファーに座り込みした。

――なんて事かしら・・・。なにかの暗示、それとも、お知らせ・・・わからないわ。

ぼんやりと、クリスマスリースを見つめました。気のせいか、いつもより輝きが増しているように思えました。

――そうだわ。トムの部屋に船の模型があったはず。あの子は、船が好きだったから。

シンシアは、トムの部屋から船の模型を一つ持ち出すと、リビングのラックの上に置き、ぼんやりと、クリスマスリースと船の模型を交互に見つめました。

――船。船になにかあるのかしら。全く、なにも思いつかないわ。

すると、クリスマスリースの真ん中に、米粒ほどの強い光が生じ、円の中にうっすらと光の渦が生じました。シンシアは、目を見張りました。

突然、頭の中に文字が現れました。

「記憶喪失」でした。

シンシアは、ハッとしました。

――記憶喪失・・・。この五年間、一度も考えたことがなかったけれど、トムは記憶喪失になったのかしら。それなら、帰って来ないことも説明がつくわ。

シンシアは、この考えに強く惹かれました。

――そう。そうに違いないわ。

その夜、シンシアは、トムが記憶喪失になったとしても、船との関連が、どう考えても結びつかず、夜更けまで眠れませんでした。

次の日、また店じまいと後片付けを済ましたシンシアは、ソファーに座り、昨夜の続きを考えていました。いい考えが浮かばず、シンシアは、クリスマスリースにお願いすることにしました。

――クリスマスリースさん。あなたに不思議な力が宿っていることは、確信しています。どうぞ、トムに関するいい知恵を与えてください・・・。

その時、クリスマスリースの中心に強い光の粒が生じ、リースの円の中に光の渦が巻きました。

シンシアは、それを真剣に見つめています。

シンシアの頭の中で、イメージが湧きました。

――テレビね。テレビをつけろと言っているのね。

シンシアは、すぐにテレビをつけました。

画面には、上空のヘリコプターからの映像で、船が斜めに傾き、半分の後方は海に浸かり、前方は海の上のようです。

――海難事故。外国のようだわ。

アナウンスが流れます。

「映像は、上空からです。外国籍の漁船が、港に向かおうとして、岩礁に乗り上げた模様です。船は大きく傾いています。甲板の前の方に、乗組員たちの姿が見えます。ああ、今、救助隊の救命ボートが近づいています。空には、救命のヘリコプターが到着したようです・・・ヘリコプターは、乗組員を釣り上げて救出しています。一方、救命ボートには、自力で歩ける乗組員を次々と乗せています。港は、見えていますが、泳いで辿り着ける距離ではありません。ボートは、もう何隻も到着しました。乗組員を乗せ、次々と港へ向かっています」

シンシアは、固唾を飲んで、画面に見入っています。やがて、状況は少し落ち着き、港の映像に変わりました。現地の放送局員が駆けつけています。

「今、港の状態です。救命ボートで助けられた人々が力なく座っています。皆、海水を浴び、ずぶ濡れです。救急車が十数台到着し、状態の悪い人から、乗せて走り出しています。誰か、比較的、軽傷の乗組員から話を聞いてみたいのですが。ああ、あの方は、大丈夫のようです。外国の方のようですが、あの、お話を聞かせて頂けますか?」

カメラがその若い乗組員を写した時です。

「キャー!」

とシンシアが金切り声をあげました。咄嗟に両手で口を塞ぎます。

「トム!トムだわ・・・間違いない・・・」

シンシアは、必死に画面を見つめます。

マイクを向けられたトムは、うつろな目で答えます。

「突然、ガツンという衝撃が船底に走り、みんな吹き飛ばされました。僕もその時 後ろに倒れ、頭を強く打ちました。しばらくして仲間に揺り起こされ、意識が戻りましたが、まだ、ボーッとしています。岩礁に乗り上げたとは、皆思いました。船は大きく傾き、後部から沈み出しましたが、なんとか止まりました。そして、皆、前方の甲板に這うようにして向かい、港が見えたので、救助を待ちました・・うう、頭が痛い・・・」

若者は、頭を強く打ったせいか、頭を押さえて呻きました。そして、崩れるように倒れました。驚いたのは、インタビュアーです。

「どうしました。大丈夫ですか・・・えらい事になった・・・おおい！担架だ！こっちにも担架を急いでくれ、気を失ったようだ・・・」

見ていた、シンシアは、驚愕しました。トムが倒れたのです。心臓が飛び出しそうになりました。

映像は、ここで途切れました。スタジオのアナウンサーが告げます。

「今の方、大丈夫でしょうか。現地は、緊迫した状態ですね。事故の激しさが伝わってきます。後程、続きをお伝えします。一旦、次のニュースに移ります」

シンシアは、声を上げて泣きました。

「トム、トム。やっと見つけたのに、倒れるなんて。パパ、ママ、トムを守ってください。お願いします」

シンシアは、祈り続けました。


どれ位、経ったでしょう。突然、電話のベルが鳴りました。シンシアは、ふらつきながら、電話に出ました。

電話は、ナタリーからでした。ナタリーは興奮しています。

「シンシアお姉さん。ナタリーです。さっきのニュース、ご覧になりましたか？トムです。間違いありません。あれはトムです！」

　シンシアの声もうわずっています。

「ナタリーも見てくれていたの。ほんと、トムに間違いないわ。私、泣いてしまって・・・」

「シンシアお姉さん。トムがいる国もわかりました。その国のどこかの病院に、運ばれているはずです。そして、家族とも話しましたが親戚に、弁護士がいて、語学が得意なため、外国の企業との折衝、契約など、海外の案件を専門に扱っています。彼なら、大使館や放送局に連絡し、トムが入っている病院を見つけ出せるはずです。シンシアお姉さんの了解を得ない勝手なことですが、私もじっとしていられず、その弁護士にもう電話しました。大きなニュースなので、彼も見ていて、トムの顔も見ています。すぐに、トムの行方を捜してもらうように依頼しました。それを了解してもらいたくて電話しました」

　シンシアは、感心しました。

「ナタリー、ありがとう。ほんとにありがとう。もうそこまで手を打ってもらって。私は、気が動転して、泣いて祈っているだけなのに」

　ナタリーは、優しく言います。

「それは、あたり前です。シンシアお姉さんの気持ちは痛いほどわかります。とにかく、気を落とさずに、私が頑張りますから。きっとトムに会えます。事故で頭を打っただけで、きっと元気です。私は、そう思いました。お姉さんもそう思ってください。とにかく、今夜は眠ってください。明日、弁護士の事務所に行ってから、お伺いしますから」

ナタリーはそう言って、電話を切りました
ソファーに倒れ込んだシンシアに、マリアが来て、頬を舐めてくれています。
――マリア、ありがとう。おまえは、いつでも優しいね。
シンシアは、そのままソファーで眠ってしまいました。

次の日の閉店時間にナタリーは、訪れました。

「シンシアお姉さん。お体、大丈夫ですか。突然のことで、ショックを受けておられるでしょうから」

シンシアは、顔色も悪く、弱々しい声で答えました。

「心配してくれてありがとう。でも大丈夫、倒れたことはショックだけど、トムが見つかったんだから。頑張らないと」

シンシアは、店のテーブルにナタリーを座らせ、自分も腰掛けました。

ナタリーは、興奮を隠さず、早口に言いました。

「お姉さん。トムは、大丈夫です。弁護士が今朝早くから、半日掛かって、あの国のあちこちに電話をかけ、トムのことを問い合わせたそうです。ただ、なぜか、名前が変わっていたので、それに気づくまで、話がかみ合わず、苦労されたようですが」

シンシアは、ハッとしました。

「記憶喪失だわ・・・自分の名前が思い出せず、名前を変えたのよ。きっとそう」

ナタリーは、驚きました。

「記憶喪失・・・」

ナタリーは、頭に手を当て、瞬間的に頭を巡らせました。

「それで帰って来れなかったのね。それならなにもかも、つじつまが合うわ。名前が違う理由も。警察の捜索で、見つからなかった事も・・・どうしてこんな事、五年も、気づかなかったのかしら・・・お姉さん、よく思いつかれましたね。さすがだわ」

シンシアは首を振りました。

「私も、五年間、気づかなかったんだから、褒められたものじゃないわ」

ナタリーは、頭を振って、息を吸いました

「話を戻します。弁護士のことですが、大使館などの公的な機関は、名前が違うので、情報がありません。結局、放送局のお手柄です。彼らは顔を見てますし、救急車に乗ったことも、意識を失っていたことも知っていますので、それを頼り、港に近い大きな病院全てに電話してくれたそうです」

シンシアは、真剣に聞き、ナタリーは少し笑顔で続けました。

「フェリモという大きな病院に、トムらしき人物が、救急車で運ばれたそうです。今はまだ、意識は戻っていませんが、検査の結果、頭の打撲も比較的軽く、命に別状はないそうです。何日かすれば 意識が戻るだろうということです。シンシアお姉さん。よかったですね。私も・・・」

ここまで言うと、ナタリーは、堰を切ったように泣き出しました。

シンシアも泣いています。二人は、立って抱き合い、思い切り、泣き続けました。

やっと、落ち着いた二人は、今後の事を話し合いました。シンシアが、言います。

「私は、明日朝の飛行機で、フェリモ病院に行くわ」

ナタリーも、すかさず言いました。

「私も連れて行ってください。待ってなどいられません。一刻も早く、トムの顔が見たいんです」

シンシアは、もっともだと頷くと、空港に電話をしました。

「朝、十時発の飛行機で二人分の予約が取れたわ」

ナタリーが頷くと、ドアベルが鳴りました。

シンシアが行くと、近所のおばさん三人が、立っていました。

「ニュース見たわよ、シンシア」

「良かったね。ほんとうに良かった。トムが見つかって」

「町中、そのことで、もちきりよ。でも、倒れて意識を失ったみたいだから、まだ、手放しでは喜べないと言ってね」

シンシアは、頭を下げました。

「申し訳ありません。皆さんにご心配かけて、私、明日朝、飛行機であの国の病院に行きます。もう予約しました」

「そう、それがいいわ。心配だもんね。で、なにか手伝うことある。旅行の支度は手伝うけど」

シンシアは、答えます。

「ありがとうございます。猫のマリアのことだけが心配です。寂しがると思うし、餌などもあげないと」

「そんな事なら、お安い御用だわ。まかせといて。一日に何度も来て、世話もするし、可愛がってあげるから。あの子は、おとなしいから、大丈夫よ」

「じゃあ、上がって、旅行支度を手伝うわね」

ナタリーは、おばさんたちに挨拶すると、シンシアに言いました。

「私も帰ります。支度がありますから」

シンシアは、頷きます。

「たいへんね」

「いえ、私には、母がいますから、手伝ってもらいます。だから、ご心配なく」

ナタリーが、足早に帰り、シンシアは、おばさんたちと旅支度をしました。


次の朝、シンシアとナタリーは、空港で落ち合いました。シンシアが言います。

「飛行機なら、八時間ほどね。六時過ぎに病院に着けそうね」

ナタリーは、頷きましたが、シンシアが持っている大きな紙袋をまじまじと見つめて言いました。

「シンシアお姉さん。その大きな袋はなんですか？」

「今は、言えないわ。病院で、見せるから」

二人が、乗り込み、飛行機は離陸しました。

時間があるので、シンシアは、クリスマスリースを作ることになったいきさつを、詳しくナタリーに話しました。

ホームレスだったクリムの事。リースの作り方を教えた不思議な老人のこと。クリスマスリースが光り、記憶喪失の言葉が浮かんだこと。テレビをつけて ニュースを見たことなどです。

ナタリーは、興味深そうに話を聞いていました。

「信じて欲しいとは言わないけど、私にとっては、ほんとうのことなのよ」

「信じます。信じます。私は科学とかは、てんでだめだけど、童話や昔話などの不思議な話は、大好きです。こんな話はすぐに信じてしまいます。素敵な話だわ」

そうして、続けました。

「不思議だらけだけど、その老人の存在は、不思議すぎますね。この世の人じゃないかも」

そのうち、飛行機に揺られて二人は、眠ってしまいました。

気がつくと、飛行機は着陸態勢に入り、その国の飛行場に到着しました。もう日が暮れています。

空港で、今夜は、病室で過ごすことになるだろうと、サンドイッチと飲み物だけ買うと二人は、すぐにタクシーに乗り、フェリモ病院へと向かいました。

病院に着き、看護師さんに案内され、病室に付くと、名札には、ポール・エミスとありました。二人は、病室に駆け込みました。

ベッドで眠る病人の顔を見て、二人は叫びました。

「トム！やっぱり、トムだわ」

「ほんとう、トムに間違いないわ」

ナタリーは、泣き出しました。シンシアもトムの頬を撫でながら、涙をポロポロ流しています。

「トム。やっと、やっと会えた・・・どんなに長かったことか・・・どんなに心配したか・・・」

シンシアとナタリーは、また抱き合って泣きました。

二人は、何時間もトムの左右に座って、その頬を撫で続けていました。

やがて、シンシアがナタリーに言います。

「ナタリー、ありがとう。でも、疲れたでしょう。今夜は、目を覚ましそうにないから、少しでも食べて、眠りましょう。問題は、明日からだから」

ナタリーは、頷き、サンドイッチを食べ、病院の好意で据えられた、付き添い用のベッドで二人は眠りにつきました。


次の朝、二人は、早くから起き出し、トムに話し掛けます。

「トム。お願い、目を覚まして。そして、元気だと言って」

看護師さんが来られ、血圧や脈を測ります。

「異常はないですね。早く意識が戻ればいいですね」

看護師さんが、病室を出ると、シンシアはトムの横で、目を閉じて、長いことなにか祈っていました。

ナタリーは、不思議そうに、その様子を見ていました。やがて目を開けるとシンシアは、言いました。

「今、やれと言っているわ」

シンシアは、あの大きな紙袋から、なにかを取り出しました。あのクリスマスリースでした。

「シンシアお姉さん、クリスマスリースを持って来ていたのですか？」

シンシアは、笑顔で頷くと、クリスマスリースを胸に抱き、祈りました、そして、ゆっくりと、リースをトムの首に掛けました。

沈黙の後、クリスマスリースの円の真ん中に小さな光の粒が生じ、円に光の渦巻きが生じました。その時です。

リースは、強い閃光を発しました。

「キャー！」

シンシアもナタリーもその光の強さに、目を覆いました。

しばらくして、二人が目を開けると、閃光はなく、クリスマスリースは、柔らかな光を放っています。

「トムの。トムの顔に赤みが差し出しているわ」

さっきまで、青かったトムの顔色が変わっています。

「ウー！」

トムは、そう呻くと、ゆっくりと目を開けました。そして、ぼんやりと宙を見つめています。

「やったわ！」

シンシアとナタリーは、抱き合っています。

そして、シンシアがトムに、そっと話し掛けました、

「トム。目が覚めた？私が誰だかわかる？」

トムは、ぼんやりとした目で、シンシアの顔を長い間、見つめました。

「姉さん。ここはどこ？」

シンシアの頬から涙が伝いました。

「トム。私がわかるの？シンシアよ！」

トムは、ナタリーの方を見ました。

「ナタリー、どうしたんだい？」

ナタリーは、声も出ず、顔を覆って泣いています。

「トム。記憶が戻ったのね・・・」

シンシアが、トムに言い聞かせるように言います。

「トム。ここは病院。あなたは、船の事故で気を失っていたのよ」

トムは、まだ力ない声で言いました。

「ああ、そうだ。船が座礁して、救助されたんだった。なにか、マイクを向けられて・・・それからは、思い出せない」

意識がまだ、はっきりとしないようなので、シンシアとナタリーは、トムの横に座って気長に待つことにしました。

しばらくして、トムが話し出しました。

「姉さんとナタリーは、あの事故を心配して来てくれたのか」

シンシアは、なるべく、落ち着いて話し掛けます。

「それもあるけど、トム。あなたは、五年間も行方不明だったのよ。船の事故で、テレビにあなたが映って、こんな遠い国だから、ナタリーと飛んできたのよ」

トムは、徐々に意識がはっきりとし出しました。

「そうだ。僕は、記憶を失ってたんだ。アルバイトに行こうと、国道の路肩を歩いていたら、暴走した車に引っかけられ、転倒し、頭を強く打った。気がつくと、道路で寝ていた。そして、自分が誰かも名前も思い出せなくて、あちこちさまよった。二、三日して、浜辺で漁師たちが、焚き火をして、飲んでいた。通り掛かりの僕を誘って飲ましてくれた。どこにも行く宛がないと言うと『じゃあ。船に乗らないか。人手が足りなくて、困ってるんだ』そうして、僕は、船に乗って漁師になった。中型の船で、マグロ船などのように大がかりではないけど、遠洋漁業もするし、近くの国の漁も手伝う、なんでもする船だったので、あちこちの国にも立ち寄った。僕は、記憶がないので、自信が無く、みんなが外国に停泊中に街に飲みに行っても船から出なかった。船長が親切で、小さいけれど個室を与えられていたので、結局、数年、船の中で暮らした。そして、いつも過去を思い出そうと努力したけど、どうしても思い出せなかったんだ・・・」

トムの声は、だんだん力強くなっていましたが、そこまで言うと、疲れたらしく、目を閉じ、スヤスヤと寝息を立て始めました。

シンシアは、トムの首に掛けていたクリスマスリースを取り、胸に抱いて祈りました。

――クリスマスリースさん。ありがとう。全て、あなたのおかげね。

シンシアは、ナタリーと昼食に出ました。近くのレストランに行きました。

シンシアが、ポツリと言います。

「船暮らし。消息がわからないわけね」

ナタリーもため息をついています。

「クリスマスリースの力って、ほんとうだったのですね。あの強い光、びっくりしました。リースの力で記憶が戻らなければ、私たちには漁船の事など、絶対に思いつけない。へたしたら一生・・・それが解決するなんて」

二人は、考え込みました。

病室に帰ると、トムは、目覚めており、明らかに、血色がよくなっています。

「なにもかも思い出したよ。早く帰りたいな。で、父さんと母さんは」

シンシアは目を伏せました。

「トム。元気になってから話そうと思ってたんだけど・・・驚かないでね・・・三年前と二年前に、相次いで亡くなったの。病気で・・・」

トムの頬に、涙が伝い、しばらく無言で天井を見つめていました。

「あんなに元気だったのに・・・じゃあ、姉さんは、辛い思いをしていたんだね。僕がいないばっかりに。

たった一人で、頑張ってきたんだね」

シンシアも、涙を浮かべながら答えます。

「病気だったから、パパとママの事は、もう受け入れていたの。ただ、トム。あなたの事だけが、どうしても受け入れられなくて。でも、あきらめなくてよかった。こうして会えたんだもの」

トムは、しばらく黙っていましたが、力強く言いました。

「僕はもう大丈夫。とにかく早く帰りたい。それが、父さんと母さんが、一番望んでいることだろう。先生に頼んで、精密検査をしてもらうよ。結果がよければ、退院できるだろうから」

精密検査の結果は、良好でした。医師は、今日だけは休んで、明日、体調が良ければ退院してもよいとの事でした。

シンシアとナタリーは、抱き合って、喜びました。

次の日、トムは、いっそう元気になっていました。退院です。

シンシアもナタリーも、すぐに電話をしました。シンシアの家では、近所のおばさんが電話に出て、大喜びで、みんなに伝えるとの事。ナタリーは、家族とトムの友達たちに喜びを伝えました。

三人は、空港から、飛行機に乗りました。

飛行機の中、今度は、ナタリーが、クリスマスリースの事を興奮気味にトムに話します。

トムは、驚きました。

「誰かが、神様が、僕を助けてくれたのか。ありがとうございます」

シンシアもナタリーも頷き、三人は手を合わせて祈りました。

こうして、トムは、元気で数年ぶりの故郷に帰り着いたのです。


町中の人たちが、パン屋「ラブリー」の前に集まっていました。

「トム。良かったな。意外と元気そうだな」

「みんな、ずーっと心配してたのよ」

「五年、長かったな。まあ、いいか。帰って来たんだから」

皆から、祝福され、トムは、もみくちゃにされながら、涙が止まらないようです。

誰かが叫びます。

「もうすぐ、クリスマスだ。お祝いは、クリスマスイブに盛大にしようぜ！」

みんなの歓声が起こります。

「ワー！それがいい。そうしよう。そうしよう」

やがて、町の人たちが、ワイワイ言いながら帰ると、トムら三人は、リビングでソファーに腰掛けました。トムは、両親が写った写真に向かい、手を合わせ、祈った後、懐かしそうに部屋中を見渡しました。

シンシアは、紙袋から、クリスマスリースを取り出し、壁に飾ります。

「ワー！きれいだな。光って輝いているみたいだ。これは、ただのリースじゃない」

トムは、感嘆しています。

シンシアは、満足そうに頷くと、

「お茶を入れるわね。トムは、コーヒーがいいわね」

家に帰って、コーヒーを飲み、ホッとした様子のトムでしたが、しばらくして言いました。

「僕、ちょっと部屋に入って、父さんと母さんに、帰ったよと報告して、祈ってくるね」

シンシアが答えます。

「そうね。是非そうしてちょうだい。父さんと母さんも喜ぶから」

トムは、父母が写った写真を持って、もと自分の部屋だった一室に入りました。

そして、写真を前に、目を閉じ、両手を合わせて祈りました。

――父さんと母さん、とんでもない心配をかけてしまって、ごめんなさい。父さんと母さんが、僕が行方不明のまま、亡くなったことで、さぞかし心残りであったろうと思うと、胸が痛みます。でも、こうして帰って来ました。父さんと母さんのご加護のおかげです。ありがとうございます。これからは、姉さんに、今まで苦労かけた分、一緒に仕事をし、楽にしてあげて、仲良く暮らしたいと思っています。これからも見守ってください・・・。

「ミャー、ミャー！」

大きな猫の啼き声で、トムは、目を開けました。マリアが、飛んで来ました。

トムは、一目見て、驚きました。

「これが、姉さんが、飛行機の中で言っていた、マリア・・・いや、この子はミラだ。姉さんの言う通り、ミラの生まれ変わりだ」

マリアは、トムの膝に飛び乗り、トムの目をじっと見つめました。そして、体を擦りつけ、トムの鼻を舐めまくったのです。

「ミラ、ミラ。愛してるよ。お兄ちゃん、今日、帰ったよ。寂しい思いをさせて、ほんとうにごめん。これからは、マリアと呼ばないとな。マリア、生まれ変わってまで帰って来てくれてたのか・・・ありがとう。愛してるよ。もう、お兄ちゃん、どこにも行かないから、前のようにずっと一緒に、仲良く暮らそうな」

トムは、懐かしい感触を確かめるように、マリアをいつまでも抱きしめていました。流れる涙を拭いもせずに・・・。


待ちに待った、クリスマスイブになりました。

シンシアたちを初め、町の人は皆、朝から大忙しです。皆それぞれ、御馳走を作り、それを持ち寄り、シンシアとトムの家でお祝いをしようという事になったのです。

シンシアは、いつもよりたくさんのパンを焼くのに忙しく、ナタリーは、お祝いに出す料理作り、そして、トムは、リビングや奥の間を解放し、片付けと掃除に大忙しです。

あっという間に、昼が過ぎ、閉店する時間になりました。

カラリンとドアベルが鳴り、シンシアがドアを開けると、クリムが立っていました。

背広を着て、立派に見えます。

「ああ、クリムさん。いらっしゃい。うれしいわ。来てほしかったんだけど、あなたは、電話がないから連絡できなくて。今夜は・・・」

クリムは、その言葉を遮って言いました。

「おめでとうございます。トム君が帰って来て。今夜は、クリスマスイブとトム君の帰郷の祝賀会らしいですね。僕は、しばらく、ここを離れ、大都市ランバヌに居たので。昨日帰って、トム君の事を知りました。お伺いするのが遅くなって」

クリムは、シンシアに花束を手渡しました
「まあ、きれい。ありがとう。でも、こんな高価なもの・・・」

クリムは、笑顔で言います。

「ご心配無く。もう、僕はホームレスでは、なくなりましたので。以前、勤めていた大手の製造会社に、再雇用されました。僕が開発した商品が爆発的に売れ出し、改良したいが、僕しかわからないことが多くて。どうしても帰って来てほしいと頼まれました」

シンシアは、目を丸くしています。

「なんて、すばらしい事。クリスマスイブにこんな夢のような話を聞くなんて」

クリムは、大きな紙袋を差し出しました。シンシアが、覗くと特大で丸一匹のローストターキーです。

「また、こんな高価なものを。今夜、一緒に頂きましょう」

シンシアは、クリムを招き入れると、早速、トムと引き合わせました。

「トムです。クリムさんの事は、姉から聞きました。クリスマスリースをありがとうございます。僕が、今、ここに立っているのも、全てクリスマスリースのおかげです」

クリムはトムと握手しながら、言いました。

「トム君。ほんとうにおめでとう。会えるなんて、夢みたいだな。お姉さんには、貧しい時に、温かく接してもらいました。クリスマスリースがお役に立ててうれしいです。ただ僕は作り方をお教えしただけですが」

トムが、壁に掛けたクリスマスリースを指さし、クリムはリースを見つめました。

「うわあ。きれいだな。上手に作りましたね 僕のものとは、比較にならない美しさだ」

シンシアが、笑顔でみんなに声を掛けます。

「さあ、お茶の時間よ。みんな、休みましょう」

四人は、ソファーに腰掛けました。

すると、クリムが、不思議な事を話し出しました。

「昨日、トム君の話を聞いて、うれしくて、ランバヌに花束とローストターキーを買いに行きました。

サンタクロースの衣装を着た若い男の子が、試供品を配っていました。僕が通りかかると、試供品を差し出し、受け取ると深々と頭を下げたのです。そして、頭を上げると、その顔は、あのクリスマスリースの作り方を教えてくれた老人の顔でした。老人は、威厳のある顔に微笑みを浮かべて言いました『クリムや。よくシンシアに、クリスマスリースの作り方を教えてくれたな。シンシアはリースの恩恵を受けるにふさわしい心がきれいな娘じゃ。なのに、誰よりも苦しんでおる。そんな境遇の人を救うのが、リースの使命じゃ。クリム、そなたもそうじゃ。再就職が叶ったであろう』そう言うと、もうその顔は、もとの若い男の子に戻っていました。突拍子もない話で、信じて欲しいとは言いませんが、シンシアさんには、お伝えしなければならないと思いましたので」

シンシア、トム、ナタリー、みんな黙ってしまいました。

やがて、シンシアがポツリと言いました。

「信じるわ。これだけ 不思議なことが続くと、信じざるを得ないわ」

ナタリーも呟きます。

「サンタクロースよ・・・そうに違いないわ・・・」

しばらく沈黙が続いた後、ドアベルが、大きく鳴りました。そして、大勢の町の人が、入って来ました。

「メリークリスマス！メリークリスマス！メリークリスマス！」

みんな口々に、メリークリスマスと言いながら、トムと握手を交わし、それぞれ好きなところに座りました。

「さあ、まずは、クリスマスの飾り付けを始めよう」

大きなクリスマスツリーが、運び込まれ、サンタクロースの置物も据えられました。壁は色とりどりのモールで、賑やかに飾られました。

部屋中に、クリスマスムードが漂います。

テーブルクロスは、赤と緑のクリスマス色。真ん中に特大のローストターキー。シンシアが焼いた特製のパンや町の人たちが持ち寄った、御馳走が所狭しと並べられました。

子供たちは、大はしゃぎで走り回ります。大人たちは、ワイワイと声を掛け合い、賑やかそのものです。やがて準備が整い、みんなは座り、ポーンポーンと、あちこちでシャンパンが開けられ、それぞれに持ったグラスに注がれました。

誰かが言います。

「今日の主役のトム。一言、お願いします」

みんなの拍手を受けたトムは、立ち上がり深々と頭を下げて、話し出しました。

「皆さん。長い間、ご心配をおかけして、申し訳ありませんでした。詳しいことは、後で話しますが、行方不明になったのは、交通事故で頭を打って、記憶喪失になったためです」

記憶喪失という言葉に、みんな、一瞬、ざわつきました。

トムは、少し間を置いて、話を続けます。

「自分が誰かも、思い出せなかったのです。そして、漁船で働きました。記憶がないので怖くて、五年間、漁船にこもるように過ごしました。警察が、捜し出せないわけです。その後、漁船が座礁し、その衝撃で、また頭を打ちました。テレビのインタビュー中に意識を失い、シンシアとナタリーが、駆けつけてくれたのです。幸運な事に、意識が戻った時、記憶も戻っていました。そして、帰って来ました。今日、祝って頂く事をありがたく感じています。どうぞ皆さんも楽しんでください。メリークリスマス！」

拍手の嵐です。あちこちで「メリークリスマス！」の声が起こります。

乾杯！乾杯！みんなは、グラスのシャンパンを飲み干しました。

再度拍手が起こり、トム帰郷の祝賀会とクリスマスイブのお祝いが、盛大に行われました。

シンシアは、町の人の家族ごとに、挨拶に回ります。男の人は「良かったな。おめでとう」と笑い、女の人は、シンシアを抱きしめ涙を流します。

挨拶が終わると、シンシアは、父母の写真に話し掛けました。

「パパ、ママ、ありがとう」

やがて夜も更け、賑やかで楽しかったクリスマスイブのお祝いも、お開きの時間となりました。

「トムが帰ってきて、とても楽しいクリスマスイブを過ごせたよ。また、明日、教会で会おう」

町の人は、シンシアとトムに礼を言い、帰って行きます。

最後に、クリムとナタリーも挨拶に来ました。

クリムが、トムと握手をしながら、シンシアに言います。

「最高に楽しかったです。僕も、明日、教会に行きますから、お昼を食べに行きましょう」

ナタリーは、シンシアと抱き合います。

「私も教会に行くから、また明日」

シンシアとトムは、店を出て、みんなが見えなくなるまで、手を振りました。


二人きりになった姉弟は、リビングに戻りました。

シンシアは、父母が写った、あの写真をテーブルに立てます。

「パパ、ママ。家族水入らずで、もう一度、お祝いしましょう」

トムが、ステレオで、静かで、落ち着いたクリスマス音楽を掛けると、しっとりとして暖かなクリスマスのムードが、リビングを満たしました。

シンシアとトムは、父母の写真の前に、ワインの入ったグラスを置くと、自分たちもグラスを持ちます。

シンシアが、グラスを片手に言いました。

「では、あらためて、パパ、ママ、トム。メリークリスマス！」

トムも猫のマリアを抱いて、言います
「父さん、母さん、長い間、心配をかけてごめんね。でも、もう大丈夫だから安心してね。メリークリスマス！」

二人は、にっこりと笑い合います。

シンシアは、しみじみと思いました。

――泣きながら、毎日、夢に見ていた、あのクリスマスの日に戻れたのね。

そして、サンタクロースの置物にクリスマスリースを掛け、両手を合わせました。

「サンタクロース様。ありがとうございました。これで、私もトムも幸福になれます」

その時、シンシアは、はっきりと見たのです。威厳のある顔のサンタクロースの置物が笑みを浮かべ、大きく頷くのを。

文月聖二（ふみづき・せいじ）

1959年、大阪市生まれ。

1984年、鹿児島大学工学部建築学科卒業。一級建築士。

父が経営する大阪府堺市の建築設計事務所に勤務。多くの公共的建築物（大学・庁舎・音楽ホール等）を設計・監理する。

その後、鹿児島県の霧島高原に移住。建築の仕事の他、兄、妹と三人で絵本・童話創作チームを設立。主に絵本を共同制作する。自らは童話・児童文学・小説を多数執筆する。

作品に、絵本「じゅうごやの　ごほうび」（ひかりのくに）、小説「左手の疎画」（セルバ出版）がある。

クリスマスリース
2024年9月25日　　第1刷発行

著　者――― 文月聖二
発　行――― つむぎ書房
〒103-0023　東京都中央区日本橋本町2-3-15
https://tsumugi-shobo.com/
電話／03-6281-9874
発　売――― 星雲社（共同出版社・流通責任出版社）
〒112-0005　東京都文京区水道1-3-30
電話／03-3868-3275

ISBN 978-4-434-34465-7